BRUNO GIAMBI

IL PROFUMO DELLA ROSA ED I FIORETTI

Youcanprint *Self-Publishing*

Titolo | Il profumo della rosa
Autore | Bruno Giambi
Illustrazione di copertina | "La Rosa"- Graziella Mauri (1986)
ISBN | 978-88-67511-87-7

Youcanprint *Self-Publishing*
Via Roma, 73 - 73039 Tricase (LE) - Italy
Tel. +39/0832.1836509
Fax. +39/0832.1836533
www.youcanprint.it
info@youcanprint.it
Facebook: facebook.com/youcanprint.it
Twitter: twitter.com/youcanprintit

"Se il Signore non costruisce la casa, invano vi faticano i costruttori.." (salmo 127).

Ai miei figli Massimiliano, Francesca e a mia nipote Isabella.

PREFAZIONE

Evitando fuorviami preamboli, l'autore immette subito il lettore, in "medias res", introducendo nella sequenza iniziale l'icastica immagine di Rita ormai vecchia e morente, intenta a scrivere una lettera ad una cugina, una sorta di commiato, di viatico.

Nonostante una convenzionale suddivisione temporale, l'opera si può leggere infatti, come una lunga ed interminabile lettera.

L'impianto epistolare, mentre per la sua immediatezza incoraggia un'ampia libertà cronologica, tradisce subito l'implicita intenzione di introdurre Rita in un contesto più umano, più quotidiano, senza per questo sminuirne lo spessore.

La penna segue agilmente i generosi slanci del suo cuore, le immagini che pindaricamente si rincorrono, generosamente evocate dal flusso indistinto e disordinato dei ricordi. Essenzialmente suggerita da un imput emotivo, la trama tutta intessuta da flashbak e di continui rimandi al presente, appare abilmente sospesa tra i due poli temporali, impegnando il lettore in un'intrigante ricerca di precise coordinate cronologiche.

Rita ne risulta restituita alla precarietà della dimensione umana, alla sua versatilità di sposa, madre e suora, senza però mai essere privata di quell'aurea mistica che sempre la connota.

L'avventura umana con tutte le sue implicazioni, con tutte le sue tormentate vicissitudini, rappresenta nell'intenzione dell'autore, un ideale preludio alla sua vocazione alla santità. Le immagini topiche delle api e delle rose che tanta parte hanno nell'economia del racconto, ne offrono un'immediata chiave di decodifica, costituendo dei tangibili referenti terreni di una realtà trascendènte.

Così il riferimento al mestiere di apicoltore del marito, rimanda alla sottile volontà dell'autore di esercitare una potenziale riabilitazione di una figura tanto demonizzata dall'iconografia classica, rendendolo più degno della santità della moglie.

La ricchezza e la piacevolezza delle immagini evocate dal romanzo, si completano nella *vis* lirica del poemetto in endecasillabi, con cui si unisce in uno splendido e riuscitissimo dittico.

Si può dire che l'opera, precedendo cronologicamente il romanzo, rappresenti una sorta di banco di prova dell'impegno successivo, suggerendo e anticipando alcuni motivi.

Si può dire che l'opera, precedendo cronologicamente il romanzo, rappresenti una sorta di banco di prova dell'impegno successivo, suggerendo e anticipando alcuni motivi.

Ne è chiara l'eco, principalmente nella delicatezza, nella freschezza, nella profonda intensità nella poesia, ampiamente profuse in alcune sequenze narrative, dove appare una perfetta sintonia tra i ritmi della natura e quelli umani.

La chiarezza, l'immediatezza e la radicalità di ogni battuta, trovano un ottimo riscontro in uno stile piano, fluido, diretto, tale da far vibrare le corde di ogni lettore.

Maria Francesca Giambi.

Cap. 1

A quei tempi papa Urbano IV lottava per mantenere l'unità della Chiesa.

Per Rita, monaca agostiniana, giunta all'età di settantasette anni quei giorni di maggio dell'anno 1447 sarebbero stati gli ultimi della sua vita. E lei le sapeva benissimo. Prima di lasciare questa terra, chiese di poter esprimere un ultimo desiderio. Decise per una rosa e un fico del suo orto. Ma era d'inverno. Quando lo chiedeva Rita, aveva la consapevolezza che la gioia di quei doni, apparentemente frutti del suo orticello, sarebbe stata, invece, il frutto di una natura diversa e sublime, quella "impossibile" che aveva siglato la sua intera esistenza.

Prese carta e penna, e sull'onda dei nuovi sentimenti che il ricordo del passato, vissuto insieme le suggeriva, iniziò a scrivere a una cugina che viveva nel suo paese natale, a cinque chilometri di distanza dal convento.

Da quando si era fatta monaca non c'era più tornata. Ma il suo paese, e soprattutto i suoi affetti, li aveva tenuti nascosti gelosamente nel cuore.

Cap. 2

Cascia li 3 Maggio, ss. Filippo e Giacomo

Carissima Chiara

So che mi resta poco tempo da vivere. Ho chiesto umilmente alla madre superiora la licenza di scrivere e di rompere il silenzio proprio con te cara cugina, pronunciando a viva voce quei nomi che per tanti anni ho tenuto nel mio cuore. Tu Chiara sei l'unica parente che mi è rimasta, l'unica che si sia curata delle cose care che un tempo lontano mi legavano al mondo, cui il mio desiderio anela nascostamente e mi sia perdonato l'ardire, anche dì poter tornare, seppure solo con la suggestione delle mie parole, col ricordo dei fatti avvenuti tanti, tanti anni fa.

Questa mattina, rinvigorita da questo desiderio di novità, sono riuscita a muovermi dal letto, dove sono immobilizzata da qualche settimana, e ho fatto pochi passi, piccoli piccoli, di nascosto, perché mi è stato proibito.Tanti quanti sono stati sufficienti per arrivare alla finestra, un piccolo pertugio che lascia poco spazio a chi ci si voglia affacciare. Lontano, all'orizzonte, si vede il semicerchio dei monti che chiude la valle verso est. Facendo forza sui gomiti mi sono sporta fino alla grata, unicamente per avere la suggestione della neve, che ai primi di maggio ancora campeggia sulle falde del monte Vettore. Ho sempre avuto familiarità con il bianco, un colore che mi ha ispirato sempre forti emozioni, forse perché ci associavo, inconsciamente, la mia giovinezza quando la neve faceva da padrona nel paesaggio, e quindi nei ricordi, per molti mesi dell'anno. Ho fatto fatica a togliere i gomiti dal davanzale, e ho capito il motivo del forte dolore che mi aveva colto in quei punti. Infatti, non mi potevo aiutare con le mani già entrambe felicemente occupate. Tenevo in una mano il rosario e nell'altra stringevo la rosa che tu mi hai portato la settimana scorsa. Le devozioni mi hanno ispirato subito questo sentimento: da un lato la patria celeste desiderata, e dall'altro quella terrena, pure tanto amata, e che tra poco avverto che dovrò lasciare.

La rosa profuma ed è vitale, cosi come me l'hai donata. Quando te la chiesi, la tua unica preoccupazione fu subito per la mia salute, che pensavi, a motivo della richiesta insolita, già irrimediabilmente compromessa. Ben sapendo cosa potevi trovare nell'orto ancora coperto dai grumi del rigido inverno. Ci sei andata solo per adempire una promessa fatta, per dare piena soddisfazione a quelli che sembravano i miei impossibili desideri, ma nel farlo, hai trovato anche la lieta sorpresa. Ma se ben ti ricordi, non era la prima volta che ci siamo trovate a confrontarci col mistero di una rosa.

Paolo di Ferdinando era un giovane d'armi, di bell'aspetto. Il padre aveva progettato per lui un futuro diverso: avviarlo al commercio che a quei tempi era fiorente e soprattutto sicuro. Ma lui aveva preferito lasciarsi trasportare dalle sue passioni, dal suo temperamento, verso un arte che reputava molto più virile, vicina alla sua innata indole di combattente.

Anche se Paolo, nella sua vita privata, rivelava una delicatezza d'animo, una propensione al bene, che non esternava in pubblico.

Fino a quel momento non aveva intrattenuto rapporti con nessuna donna. Impegnava il suo tempo libero dedicandosi all'allevamento delle api.

Quando, poco più che ventenne, nei momenti di riposo smielava le arnie, Rita era una giovinetta di tredici anni e pensava di farsi suora.

Nella lettera successiva ricordava alla cugina proprio quei tempi, quando si cimentarono per la prima volta col mistero della rosa.

-Ti ricordi quando incontrammo Paolo per la prima volta? Ecco, come vedi, comincio a fare i loro nomi.

Pasqua cadeva nella seconda domenica di aprile. Nelle due seminane che la 'precedevano aveva fatto molto caldo, direi insolito, tanto che in montagna era fiorito prematuramente ogni albero, e tutt'intorno era una festa. La domenica delle Palme noi uscivamo da s. Montano con i ramoscelli benedetti in mano, confuse tra la tanta gente che, dopo i saluti, si allontanava alla spicciolata; quando vedemmo un ragazzo dirigersi verso di noi.

Abbiamo continuato sul nostro passo senza fermarci, un po' impacciate e con lo sguardo che fissava in basso. Non mi sono accorta d'essere restata sola; quando ho alzato gli occhi cercandoti, ho visto che mi seguivi con una rosa rossa in mano. Naturalmente io ti sgridai, dicendoti che non avresti dovuto: prendere doni da uno sconosciuto. Ma dietro il mio incalzare tu non sapesti spiegare perché, senza volerlo, ti eri trovata a portarmi una rosa; qual era il vero motivo che ti aveva suggerito di compiere un simile gesto, a dir poco azzardato?

Naturalmente davanti alla mia obiezione, del resto infondata, che di rose potevamo cogliere nell'orto quante ne volevamo, mi hai risposto:- Sì, ma questa è del tutto speciale, è una rosa d'aprile.- Che cosa significasse una rosa d'aprile lo capimmo più tardi. Capimmo quali segreti impensati vi si celassero, perché oltre la rosa si stava per aprire un orizzonte: quello delle "cose impossibili", quello che essa stessa già significava. Sei stata tu Chiara, con un incolpevole gesto, a darmi l'occasione, il motivo della svolta che mi ha fatto crescere, che mi ha tolto dalla mente i desideri e i sogni da bambina. Tu non avevi messo in conto tutto questo, tu che sapevi tutto di me, che già mi seguivi col desiderio segreto e la speranza che ciò che temevamo non fosse mai successo, che non si fosse realizzata la mia vita nel chiuso delle mura, dove non ci saremmo più riviste se non di rado. Eppure lo facesti. Come potevi nascondermi la rosa, se noi ci confidavamo ogni cosa, e mi avevi concesso di sacrificare la nostra amicizia, di soffocare ogni voce del mondo nel chiuso di un chiostro? Ne abbiamo parlato mentre salivamo sullo stradino impervio in mezzo al bosco che porta al dente dello "Scoglio". Ci siamo fermate, ogni tanto, recitando delle preghiere nei punti strategici dove, nelle interminabili camminate, avevamo affisso alle querce delle piccole croci. Poiché continuavo a ripeterti:- Ma come faro a esserne certa? Come farò a dirlo a mio padre e a mia madre?

Tu me l'avevi detto che, in cuor mio, se non avevo rifiutato la rosa, avevo già scelto anche l'altro, quello che mi riusciva difficile ammettere, e avrei voluto tener ancora nascosto. Ma come avrei potuto se ogni piccolo gesto, ogni passo avrei dovuto farli inevitabilmente davanti agli occhi del mondo? Ho passato delle notti insonni a riflettere, finché ho capito che con le mie sole forze, e soprattutto con il silenzio, non avrei percorso molta strada. Allora mi sono decisa, e, seguendo il tuo consiglio, per prima cosa sono andata a confidarmi con il mio confessore. -Non c'è assolutamente da preoccuparsi- mi disse con tutta tranquillità. -E sai qual è il vero motivo per cui bisogna stare tranquilli? Perché, al momento, non sarai tu a decidere, ma sarai presa per mano e la tua volontà si farà forte e docile, orgogliosa del suggerimento. Ricordi come hanno lasciato le barche, i pescatori di Betsaida? Prima della pesca miracolosa Pietro disse al Maestro: - Sulla tua parola getterò le reti-. Tu ora hai il segno della rosa, hai il suo prezioso suggerimento. Potrebbe essere anche un messaggio ingannevole, e allora il profumo svanirà, non lascerà tracia. Ma se invece, come credo, ne sentirai ovunque l'inconfondibile aroma, allora non avere più incertezze e segui senza remore i suoi suggerimenti certi. Là sarà la tua vita-.

Cap. 4

In quegli anni Cascia era una piccola repubblica sotto il presidio dello Stato pontificio. Il governo era in mano dei guelfi, rappresentanza quasi esclusiva dei borghesi della città, ma i ghibellini, cui appartenevano le classi del popolo, dalla città alla campagna, erano però in maggioranza numerica.

Naturalmente anche nel paese di Rita i due partiti si scontravano e tenevano il popolo con l'animo sospeso, specialmente chi, come in casa Lotti, aveva segnato la propria vita con la testimonianza della pace. Per di più a creare altra confusione, e soprattutto divisione, due papi si contendevano il primato di Pietro.

Con il papa romano Clemente VII stavano i clementini, con il papa francese Urbano VI, gli urbanisti. Paolo era schierato, naturalmente, con ì ghibellini, e non era d'accordo con il padre, che nel caso avrebbe voluto il figlio schierato, manco a dirlo, dall'altra parte. Quando poteva, Paolo preferiva restarsene appartato, accudendo alle sue api, e in compagnia dei due cani, Zeus e Olimpia. I suoi compagni dicevano che era cambiato, e qualche pensiero strano lo turbala. Loro avevano ragione. Paolo ancora non sapeva spiegarsi pienamente cosa fosse, ma un'idea cominciava a farsi largo nel suo animo. Ma quando era in armi, dimenticava tutto. Era sicuro di sé e la gente lo rispettava. Mentre Paolo era assillato da quell'idea confusa che non lo lasciava n pace, Rita, invece, sapeva già quello che voleva. Infatti, dal giorno della rosa anche in lei qualche cosa era accaduta, e cambiato la sua vita. Era tornata più volte a farsi consolare, quasi a voler dimenticare la rosa e tutto il turbamento che questa aveva portato, sconvolgendo i suoi sentimenti, ma soprattutto le sue sicurezze. Ma il pensiero restava radicato e le ombre non erano fugate. Non sarebbero state più cancellate, perché, il profumo della rosa, non era profumo di questa terra.

Lei non lo sapeva, ma il suo futuro era legato inscindibilmente all'incontro con la rosa, e da quel momento, per sempre.

Cap. 5

Rita nel guardare in quel momento la rosa a distanza di una vita, nella sua stanza, confidava le sue emozioni alla cugina: - Ho qui tra le mani, come ti dicevo, la tua rosa. A ben guardarla, anche se le rose sembrano tutte uguali, ho la netta sensazione che sia la stessa, quella di tanti, tanti anni fa. In essa sento racchiusi i nostri segreti, è come se dalla virtù che emana, si evocasse la presenza di voi, di tutte le persone che ho tanto amato e che amo.

Le mie consorelle hanno molta pazienza con me. Ora che sono venute le belle giornate primaverili, ho chiesto pure di portarmi fuori, all'aria aperta. Due di loro, tra le più giovani e robuste, mi ci portano a braccia seduta su di una sedia. C'è una suorina giovane e gentile, suor Lucia, che mi tiene compagnia durante l'ora in cui le monache "stanno in coro", mi legge i salmi. E' lei che mi porta carta calamaio e penna e quando proprio non ce la faccio, ma ne sento il desiderio, per non rimandare, e ti ho detto che di tempo a disposizione ne ho veramente poco, detto a lei le lettere, così come le ho chiesto di fartele recapitare.

L'ho pregata inoltre di mantenere il segreto, di incaricare persone discrete, ma sono sicura che di lei mi possa fidare. Suor Lucia è venuta volontaria al mio capezzale. Dal giorno in cui mi trovarono distesa, semincosciente, ai piedi del letto, la madre superiora decise che al mio fianco ci voleva una presenza fissa, ma date le difficoltà e l'impegno che andava oltre le mansioni normali del sacrificio richiesto, preferì che qualcuna si facesse avanti, anziché scegliere lei. Suor Lucia con quel fisico esile, poteva sembrare la meno adatta, invece ho potuto costatare che il suo vigore fisico non è da meno dell'entusiasmo, direi la devozione, con cui mi sta vicina. La sua mansione non le richiede un eccessivo sforzo fisico, considerando la mia statura e il mio fisico già minuto prima della malattia. Il suo coraggio, direi l'eroismo, consiste nel provvedere alla cura della mia "ferita alla fronte" che, per renderla accettabile, per fare in modo che il cattivo odore non diventi insopportabile, è costretta a fasciare e rifasciare con bende nuove, molte volte il giorno, medicandola non so con quali erbe, fatte venire appositamente, non si sa da dove, dalla madre superiora.

Come ti dicevo, in questo momento sono sola, e nel profondo silenzio mi trovo ancora a interrogarmi, come fossi tornata indietro negli anni, su ciò che avrei dovuto fare, su ciò che sarebbe stato meglio, non tanto per me, quanto per i miei vecchi genitori. E un dato era certo: che non sarebbero potuti rimanere soli. Invece, come sarebbe stato facile per me andarmene, lasciare tutto e seguire i desideri che cullavo fin da bambina! E tu Chiara conosci bene quanto fossero forti ed incontrastati quei sentimenti. So anche in tal caso, cosa sarebbe successo di lì a poco: io relativamente felice ma pensierosa nel chiuso di un monastero.

Chi mi avrebbe potuto frenare dal rivolgere il pensiero ai lidi di casa mia? Loro senza di me non sarebbero vissuti che pochi anni. Ammesso che fino all'ultimo non avessero avuto bisogno di nessuno. Credo che non avrei resistito a lungo, perché avrei capito dopo, con il mondo che mi crollava addosso, che la mia non era altro che una iniziativa del tutto personale, infondata, un risolvere la vita esimendomi da quelle responsabilità che, invece, più immediatamente, urgentemente, mi chiamavano altrove e così vicino a me. E poi chi mi avrebbe potuto perdonare, se un giorno fosse successo, e succederà, che qualcuno mi avesse chiamato, ed io, tornando da "molto lontano" avessi trovato le stanze di casa vuote, e solo qualche parola insulsa che m'infastidiva l'orecchio dicendomi - Coraggio.- Fortunatamente è intervenuta la rosa a togliermi d'impaccio. La rosa che non per puro caso, ma per una nascosta o palese volontà, mi ha aperto gli occhi. Quella che adesso mi ha risvegliato i sentimenti e mi ha suggerito di scriverti, di ritessere insieme la storia e ricordare la memoria di coloro cui abbiamo entrambi voluto bene, e che adesso non ci sono più. Ci sono dei momenti, come questi, in cui ti sembra di non aver mai detto o fatto abbastanza e che ogni lavoro iniziato, non abbia avuto il suo compimento:

ognuno, per com'è, sembra fare la sua comparsa nel mondo senza aver completato il suo ruolo, e se ne conosce il cammino solo per metà. Ma questa è la sorte dell'uomo che troverà con certezza il suo perfezionamento "altrove".

Cap. 6

Quando Rita ebbe l'intuizione del suo futuro, non sospettava minimamente quanto sarebbe stata provata duramente la sua vita.

Non sapeva quante spine sarebbero spuntate da quell'amorevole rosa che aveva raccolto per puro caso, portatale ingenuamente dalla cugina per desiderio di uno sconosciuto. Mentre aveva deciso il suo futuro, Paolo stava, per quanto la sua posizione gli permetteva, decidendo delle sorti del governo di Cascia. Loro, i ghibellini, si erano fatti sentire e avevano "convinto" i guelfi alla stesura di nuovi statuti che prevedevano pari dignità e rappresentanza per entrambi i partiti, e autonomia di decidere i propri rappresentanti. Quei momenti che lei, nonostante l'età, ricordava cosi bene alla sua cugina Chiara:

-A me è toccata una sorte, seguendo il linguaggio e la mentalità del mondo, di grandi conflitti, o se vogliamo di apparenti sconfitte. Tu conosci la mia vita non facile, la mia storia e di mio marito, la mia storia e quella dei miei figli.

Il mondo, da allora, non ha saputo più niente né di me, né di loro. Ed è per questo, ora che la mia vita sta per volgere al termine, che mi sento in dovere di chiamarli al mio fianco. La madre superiora è stata comprensiva e mi ha concesso pubblicamente di testimoniare la verità dei fatti che precedettero il mio ingresso in convento. Così facendo, avrò la certezza di esternare ancora una volta quegli affetti, non a tutti chiari, e tenuta intatta la memoria che è stata sempre forte e arderne nella mia vita, anche se silenziosa, e cui ho legato la loro, prematuramente persa. A te Chiara affido questo mio scritto, che non vuole essere un testamento, bensì un atto di amore verso coloro cui abbiamo voluto bene, Non mi aspetto nessun privilegio, come potrebbe sembrare, per la posizione in cui ora mi trovo, ma solo un atto solenne di carità.

Di "privilegi" già ne ho ricevuti troppi, e non voglio arrogarmi anche questo. Infatti, mi sono sentita definire - "privilegiata". Certo, sarà capitato raramente di essere nel contempo, sposa, madre e poi anche monaca. Sì, sposa due volte, mi dicono, perché qui ho sposato Gesù. In fondo devo ammettere che per aver vissuto tante e tali esperienze, un privilegio devo pur averlo. Perchè chi ha sperimentato il mondo come me, poi sa anche più apprezzare ed anche accettare con serenità e saggezza le rigide regole della clausura, come sa cogliere i privilegi e la gioia che quella favorevole condizione riesce ad infondere nel cuore. Quando ci siamo lasciate, e stavo per fare, non so come, l'altro passo decisivo, è proprio perché pensavo, ne ero convinta, di aver definitivamente chiuso con il mondo. Tutto era stato compiuto, tutto era inevitabilmente avvenuto in modo così tragico e penalizzante ai suoi occhi, tanto da risuonare nei miei confronti, come una condanna.   Sembrava quasi che, per un disegno perverso, fossi stata io la causa per la quale si erano spezzate prematuramente le vite di mio marito, dei miei due figli. E appariva evidente che i miei cari non avessero avuto una vita facile, tanto meno felice. Tu sai come io non abbia mai piegato la mia volontà, tanto meno la mia fede, ai fatti tragici che sconvolsero la mia vita, anche se in quei momenti sentivo la mia anima cadere a brandelli, e intorno non c'erano che bocche cucite, per paura della politica, e per il giudizio di condanna. Solo tu Chiara mi sei stata vicina, e mai mi hai fatto venire meno il tuo contorto.   Ecco, noi eravamo come due esseri sospesi, o meglio eravamo e siamo entrambe unite dal profumo della rosa. Una qualità rara che non si può comprare nei giardini della terra. Un privilegio? Chissà! Tu sai quanto è difficile testimoniarlo, quante difficoltà da superare per tutte le erbacce che vorrebbero crescervi sopra e sopraffarne il profumo. Eppure, nonostante tutto, ecco che la sua foglia rinverdisce e il suo fiore viene su dalla pianta in ogni stagione. Quando ci siamo salutate, era il mese di maggio, io non sapevo ancora che quella sarebbe stata l'ultima volta che lo avremmo fatto così, all'aria aperta. Io che ti dicevo:

-Ricordati di annaffiare il giardino. -Tu capisti subito perché tè lo dicessi, non rimanesti nemmeno sorpresa. Quasi che, anche tu, sapessi già che non sarei più tornata. Con me sarebbe venuto il profumo della rosa. E a te bastava a farti stare tranquilla, perché seppur lontane, era il filo che ancora, e per sempre, ci avrebbe legato.

Ci fu un rigido inverno e quasi tutte le api di Paolo, e non solo le sue, morirono. Non sapendo cosa fare, perché in giro non si sentivano, Paolo decise di rivolgersi a dei mercanti.

Ne trovò uno in particolare che gliene promise una specie di grande tempra e resistenza a ogni malanno, che provenivano dai paesi più freddi e sperduti dell'Est.

Il cuore di Paolo era turbato, ma la preoccupazione principale non era quella delle api.

Dopo tre mesi il mercante tornò con un'arnia d'api. Gliele consegnò, ma non gli assicurava che fossero sopravvissute al viaggio. La prima domenica d'aprile cominciarono a uscire. Era il giorno di Pasqua e Rita stava per recarsi alla messa solenne in s. Montano. Era un gran bel giorno. Si toccava nell'aria l'idea che era tornata la vita.

- Allora avevamo tredici anni, Chiara, ed anche per noi era facile tornare alla vita, rinnovarci. Ma credi, anche oggi in me non si è spento l'entusiasmo, anzi, credo che presto, e al solo pensiero ne provo una gioia immensa, la vita che sembra lasciarmi, invece tornerà definitivamente e non mi lascerà più.

Anche se mi costa pazienza, molta pazienza. La notte non riesco più a dormire. La "ferita" alla fronte mi fa molto male, mentre i miei pensieri si accavallano sconnessi; vorrebbero spaziare incontrollati, fidando nella mia precaria salute, ma il mio esercizio virtuoso è stato così costante da rendere inutile ogni tentativo di sconfiggere l'amore che anima ogni sentimento e che mi ha fatto approdare sempre in lidi sicuri. E ancora riesco a mantenermi ben salda nella coscienza, ad attutire i forti salti nel passato che, nel sapore del ricordo, animano la mia poca vita che si sta spegnendo.

Anzi, come ti dicevo, sono stata io a sollecitarli, per rivivere insieme con te quei momenti di tanti anni fa. A tredici anni ci interrogavamo come tutte le bambine - ragazze della nostra età, sul nostro futuro. Naturalmente vivevamo batta delle grosse incertezze, dovute proprio a quell'inquietudine e a quel disorientamento tipici dell'adolescenza che di lì a poco, avrebbero rivelato la natura certa della sua incoscienza. Ecco, direi che i sogni di allora somigliano un po' alla stranezza, alla voracità dei pensieri che ora, nella vecchiaia, mi appartengono, quasi che pur contrapponendosi, si assomigliassero, motivati principalmente da slanci del cuore e dall'entusiasmo; immediati, forti e travolgenti allora, piccoli ritorni di fiamma, riflessi, adesso. Che cosa stai facendo in questo momento, Chiara? Forse anche tu, come me, per gli stessi motivi anagrafici, non dormi e ispirata dal mio pensiero, stai facendo altrettanto; Oltre le lettere che ti mando, non nesci a percepire, che so, qualche segnale diverso, un rumore, una voce, un sospiro? Io credo di aver ricevuto una conferma alla mia idea. Stamani ho udito un rumore alla finestra. Ho distinto un fruscio d'ala e un sibilo che mi ha riempito il cuore; ha schiuso il calore della primavera. Allora ho capito che le rondini stavano facendo il nido sotto il tetto, proprio sopra la mia finestra. Il fatto mi ha messo di, come ti dicevo, una sensazione di allegria, dettata immediatamente da quella preziosa compagnia. Dico preziosa, perché ho ravvisato subito il motivo fondamentale che si coniugava ai miei, ai n ostri sentimenti. Quelli che richiamavano i doveri di una vita, di qualsiasi vita, anche la più piccola e insignificante; in questo caso le rondini seguivano l'istinto del richiamo ancestrale, le orme sicure che perpetuavano la vita. La precisione con cui ogni anno rispettano l'appuntamento, scaturisce solo dal desiderio di soddisfare la loro natura, con la generosità innata, e segue la gratuità di un volo che non conosce limiti, che non si arrende agli ostacoli. E' un richiamo forte, inconfondibile, cui non sfuggono, cui non si sottraggono. Come non si sono sottratte a un segno tangibile, che ora ci unisce, e ci unirà con il profumo della rosa. Sì, è vero, il sibilo della rondine, mi suggerisce i tuoi messaggi, mi dà le risposte da stamani, da quando hanno stabilito di prendere dimora proprio qui con impegno e non per pura coincidenza. Infatti, in questo punto preciso, dacché io ricordo, è la prima volta che l'hanno fatto. Vedi, senza volerlo, quante cose vengono in nostro aiuto? Quanti messaggi ci giungono se siamo attente? Quanti suggerimenti? Non siamo sole, no. A tredici anni stavamo quasi aprendo gli occhi, o

meglio eravamo noi a volerli tenere chiusi, perché ci piaceva così, perché potevamo farlo, sapendo di poter ancora giocare con la realtà, poi, d'un tratto, non più.
Ricordi quando giocavamo a "mosca cieca"? A turno ci bendavamo gli occhi, e chi li aveva bendati, si aggirava intorno, felice di trovarsi in quella condizione, cercando gli altri, ma il risultato era sempre scontato, se qualcuno non si faceva complice, non c'era nemmeno il grido di vittoria. Infatti, il gioco finiva a comando, solo per l'immobilità di qualche anima pietosa che era disposta a prènderne, Il posto. Ecco, proprio mentre ero "bendata", qualcuno aveva già deciso per me che avrei acquistato la vista. E subito, in un attimo, ho avuto in me come un'illuminazione, direi una folgorazione. Ho visto, e ho ancora davanti, l'espressione sorpresa e incredula dei tuoi occhi mentre mi consegnavi la rosa.

Cap. 8

-Su Paolo e sulla rosa, noi abbiamo fatto lunghe e animate discussioni. Ci siamo anche confrontate aspramente sulla necessità di prendere o no in seria considerazione quella proposta, al momento inopportuna, che invece già sapevo essere entrata prepotentemente nella mia vita. Io ti ho anche rimproverato perché, in cuor mio, credevo che tu avessi impudentemente sfidato quelle che io reputavo le mie certezze.

Ma tu non sbagliavi, non sbagliavi mai, e conoscevi i miei pensieri che ancora volevano mettersi al riparo, che stavano bene così, ma conoscevi altrettanto il mio cuore che pure sapevi ispirato dal profumo della rosa.

Ma ancora non ne avevo messo a conoscenza i miei genitori che erano convinti dei propositi, certi che tra poco li avrei lasciati per farmi monaca presso le suore agostiniane di s. Maria Maddalena. Mi c'ero recata più di una volta, ricevendo sempre un netto rifiuto, data la mia giovane età. Ma non importa- mi dicevo. - Se proprio non mi sarà possibile, dedicherò ugualmente la mia vita all'assistenza dei poveri e degli ammalati.-

Le cose sono andate in tutt'altro modo, come pensavo e non volevo ammettere; sono andate com'era necessario, come stabilito dall'inevitabilità dei fatti che dovevano necessariamente succedere. I giorni passavano e, a mano a mano, schiariva l'orizzonte, lo illuminavano. Sono rimasta allibita, senza parole, quando, a poco tempo dal dono della rosa, mi hai consegnato anche una lettera.

Avrei dovuto ringraziarti? Certo, avrei dovuto farlo; invece ho ancora dubbi, contrarietà. Direi che ero rammaricata con tè che me l'avevi portata. Ancora oggi avverto tutto l'imbarazzo pèr aver dubitato di te, e te ne chiedo ancora perdono. Dubitare di te che eri per me più di una sorella, l'unica che, con i miei genitori, voleva e s'interessava fattivamente del mio bene. L'unica che capiva il mio piccolo dramma che si stava definitivamente consumando a danno delle residue certezze infantili, che oramai stavano soccombendo al nascente slancio verso la nuova vita.

Sì il tempo delle parole che confermavano e suscitavano i nostri sogni era finito; ora c'erano dei fatti nuovi, delle certezze che mi toccavano in prima persona, mi coinvolgevano nella pienezza, e suggerivano, con certezza, una strada senza ritorno.

Tu Chiara sei legata a quegli avvenimenti dalla nostra provata coscienza che li ha cullati, li ha resi possibili, e a te primariamente si sono manifestati, con suggerimenti, con la tua spiccata capacità di interpretarli, direi di conoscerli in anticipo, quanto me, e per questo legame avresti dovuto necessariamente ancora viverli con me. E sì, perché mentre pronunciavo il nome di Paolo, chi sarebbe stato il mio sposo, tu che di convento non avevi ma' parlato, sapevi che, similmente, avresti sposato quella condizione in casa tua. Come me, stavi già facendo la scelta, ed era al di fuori di ogni tua volontà, tanto più legata alla mia. Ma proprio ora che avevo deciso, tu sembravi frenare la mia corsa, il mio slancio.

Perche? Non c'erano più motivi, nemmeno per te Chiara, di dubitare; non c'era possibilità di tornare indietro, e quindi la tua coscienza che aveva agito solo per il mio bene, se ne doveva stare tranquilla. Il fine che ti proponevi ricordandomi del convento, dei tanti sogni che avevamo fatto insieme, nasceva da un eccessivo scrupolo, da un piccolo margine, uno spiraglio, un'invisibile fiamma, che potevano ancora proporsi a un lato nascosto del cuore.

Ma era del tutto inutile, potevi stare tranquilla. E lo eri quando ti ho letto le ultime righe della lettera di Paolo che mi dichiarava il suo amore e mi chiedeva di sposarlo. Non eri né incuriosita, né meravigliata del contenuto della lettera inviatami da Paolo che tu conoscevi meglio di me, per averlo almeno visto per una volta in faccia, per avergli almeno dato una risposta mentre te la consegnava. Tu, come il solito, sapevi; ma questa volta non era una novità, perché tutto il paese sapeva, lo sapevano anche mio padre e mia madre; tutti tranne me.

Tra noi due non ci sono mai stati litigi. Ora, che eravamo arrivate alla conclusione di quell'affannosa e travagliata ricerca, che ci aveva entrambe viste protagoniste per i fatti che inevitabilmente ci avevano accomunato, e avevamo veramente colto il segno, l'unico e definitivo, tu ne sembravi quasi contrariata. Era come se la delusione, il rammarico, nascesse proprio nel momento in cui dovevamo essere soddisfatte, colme di gioia, invece un'ombra era scesa nei tuoi occhi e ti aveva imposto il silenzio.

Propria ora che del convento non si parlava più, era lontano, e qui, nel mondo, un uomo era entrato misteriosamente nella mia vita, e tu Chiara che ne eri l'ispiratrice, come potevi pensare che io avrei potuto fare a meno di te? Se tutto era successo, se ogni cosa aveva avuto il suo adempimento, era perché insieme ci eravamo arrivate, era perché la nostra parentela, l'amicizia non era un caso: noi avevamo recitato bene la nostra parte seguendo i consigli che venivano dal palpito delle nostre anime che seguivano incessantemente il respiro benefico emanato dal profumo della rosa.

E' venuta suor Lucia e sta cambiando l'acqua alla rosa; dice che quella vecchia non l'avrebbe buttata via, ma l'avrebbe conservata in un recipiente di terracotta. Mi ha detto che ieri è andata a guardare a quale punto del recipiente fosse arrivata, avendo la convinzione che fosse pieno; l'acqua è sempre in fondo, poco più di un bicchiere. Suor Lucia è andata a verificare, ma il vaso è sano e non ci sono perdite.
Io so che l'acqua segna il mio tempo, e quando il vaso sarà pieno, io non ci sarò più. Un conto alla rovescia legato a un fenomeno che vorrebbe sottrarsi alle leggi della natura, ma che poi, al momento giusto, ogni cosa ricompatterà nel defluire ineffabile della vita e della morte. Con l'acqua siamo nate dal grembo materno. L'acqua ci ha fatto nascere alla vita, rischiarata da un piccolo grido, mentre il prete la versava sul capo di noi, piccoli esseri che, avendo gli occhi chiusi, non conoscevamo la luce.

Ricordi quando entrando in s. Montano, con ossequio e rispetto, intingevamo la mano nell'acquasantiera, sfiorando l'acqua impercettibilmente, quasi che avessimo il timore di consumarla, con il presentimento che se fosse finita sarebbe finito in quel momento pure il mondo? Sì, l'acqua è il segno della continuità della vita, era il segno, e noi lo sentivamo al contatto della mano, e nell'attimo credevamo di trovare la stessa mano di Dio. Quell'acqua "speciale" non si esauriva mai. Ogni anno, durante la settimana santa, l'acqua era benedetta, proprio mentre Gesù lavava i piedi ai suoi apostoli, e dissipava ogni nostro timore, ogni ansia, vedendo quella virtù ricostituita nella continuità, nella funzione insostituibile di portare la vita. Ecco perché ti dicevo che l'acqua della rosa si sottraeva alla regola, alla normalità: ma è un indizio del tutto apparente, perché segnerà non tanto il passaggio dalla vita alla morte, ma quello definitivo alla vita che non avrà più fine.

Il vaso che tiene l'acqua è un vaso di legno. Lo fece il vecchio falegname, quello che aveva la bottega proprio sotto l'arco che condisce all'orto. Cicco aveva le mani deformate dall'artrite e non poteva più lavorare. Mentre la malattia infieriva e gli impediva ogni movimento, si era sentito, d'improvviso, una virtù uscire dalle sue brutte mani. Allora tutti lo chiamavano e imponendo le sue mani faceva scomparire: mal di testa, mali alle ossa, e ogni sorta di dolore in ogni parte del corpo. Andava per la campagna e in mezzo ai boschi a pregare. Qualcuno dice di averlo visto sospesa a mezz'aria che sfiorava la pianta frondosa della grande quercia.   Ogni tanto aveva delle intuizioni, improvvise visioni, come delle vere e proprie chiamate, dove lui si precipitava, orientandosi a occhi chiusi. Un giorno fu trascinato dal richiamo proprio verso la grande quercia, quella che sta nella proprietà dei Lotti, al confine con il Corno. Vide nel sito un nugolo di api che ronzava attorno ad una culla che era stata posta all'ombra dell'albero. Cicco scacciò, senza curarsi del pericolo, lo sciame che ronzava minaccioso intorno al visino della bambina. E già qualcuna ci si era posata e suggeva il nettare dalle labbra della bambina, serena e ridente.

La bambina dormiva beatamente e non aveva subito alcun danno. Pian piano, tutte, forse per comando della regina, se ne andarono, e lasciarono nell'aria un profumo soave e carezzevole; era il profumo di rosa. Ma intorno non c'erano rose.

Quella bambina ero io. E, mentre correva verso i miei ignari genitori, si accorse che le sue dita si muovevano e avevano ripreso quasi la linearità e la sveltezza della giovinezza.

In realtà le dita avevano preso slancio e vigore proprio nel momento in cui le agitava per scacciare via le api, pronte a obbedire nuovamente ai suoi gesti di felicità, quando si accorse che, oltre che muovere bene le mani, una tardiva era restata, quale testimone, nel palmo della sua destra, e tranquilla, mentre la coccolava riconoscente, non sì irritava né tentava di piantare sulla come l'arma della sua difesa, perché era di una razza rara, senza pungiglione; così com'era unica l'aura che circondava il mistero del rincorrersi di quei fatti.

Paolo era Stato redarguito dal suo capo Uguccione. Gli aveva detto seccamente non appéna io vide entrare: -Tu ragazzo, non sei più lo stesso. -Paolo che si aspettava il rimprovero, gli aveva risposto che la colpa era delle api e che una volta risolto il problema sarebbe tornato come prima.

Uguccione l'aveva guardato fisso negli occhi per un attimo in silenzio, e poi in tono amichevole: - Le api non centrano mio caro, invece, sono convinto che c'entri proprio una donna. Tu sai che per noi le donne vanno bene, purché ne resti fuori il cuore che deve essere solo per la nostra unica causa-.

Paolo non rispose, non si adirò, ma restò in ossequioso silenzio. Fu proprio quella passività, conoscendo bene il carattere di Paolo, che mandò in bestia Uguccione che, senza concedere repliche, lo sbatté immediatamente fuori la porta.

Paolo fece venire da fuori altre arnie di api e quando "smielò", portò un grande barattolo di miele a Uguccione. Questi nel vederlo: - E questo che cosa è ? -

- E' il suggerimento che dovrebbe addolcire un po' la vostra vita, proprio come sto facendo io. -

E questa volta se ne andò lui sbattendo la porta, senza ammettere repliche.

Un giorno Paolo in compagnia dei suoi secondi, armato, procedeva lungo le rive del fiume. In realtà non passava per caso, ma ci si era recato volutamente, adducendo ai suoi la scusa di una perlustrazione, mentre, in realtà, voleva conoscere i genitori di Rita, che, al momento, rimasero molto spaventati dalla visita e dalle tante domande indiscrete che lo sconosciuto aveva fatto loro. Ma Rita non sapeva ancora niente, né poteva immaginare quell'incontro. Le sorse il dubbio proprio per le indiscrezioni di don Mario che diceva di aver avuto anche lui uno strano incontro con un giovane proprio la notte del giovedì santo, mentre usciva dalla chiesa e aveva appena varcato il sagrato di Montano. Rita ancora non capiva quali fossero i motivi che spingevano don Mario a parlarle dell'incontro con un giovane che, nel discorso, poteva essere chiunque, ma soprattutto che, dalla descrizione, non corrispondeva a nessuno di sua conoscenza. Quando un giorno, così per caso, la madre ne parlò con lei; le riferì dello strano incontro avuto con un giovane, un bel giovane d'arme, proprio nei campi vicino al fiume. Solo allora Rita cominciò a ricollegare ogni cosa: la rosa, don Mario e la madre. Ora cominciava a capire.

Cap. 11

Stamani ho fatto chiamare da suor Lucia le due sorelle.

Avevo il desiderio di stare all'aperto e di respirare, ancora per un po', l'aria tiepida di maggio, giungendo fino al muro di cinta, dove sono già sbocciati grappoli di rose. Se ne sente il profumo appena fuori dalla stanza. Le due monache sono apparse subito un po' restie a soddisfare il mio desiderio, in quanto era stato proibito loro di farlo dalla madre superiora; ma non hanno saputo resistere alla mia supplica che si giovava della complicità di sior Lucia, soprattutto fedeli inconsapevoli alla voce di Dia che mi chiamava. Pian pianino siamo arrivate sino in fonde al terreno del convento, sotto la quercia che sporge i rami oltre il muro di cinta.

Da una nuvoletta dispettosa sono cominciate a cadere improvvisamente delle goccioline che ci hanno spaventato.

Le inconsapevoli monache hanno dovuto ingaggiare una corsa al trotto, preoccupate di non farmi bagnare, e pregando che, per quell'imprevisto, non mi fosse successo niente, altrimenti quale giustificazione sarebbe stata sufficiente per non incorrere nelle ire della madre superiora?

E' andato tutto bene, e siamo arrivate in tempo prima che arrivasse giù lo scroscio che temevamo. Abbiamo sostato un attimo sotto il portico che era il primo luogo coperto, prima di rientrare in clausura. Le due monache erano esauste, appena in tempo per non crollare, anche se il mio peso non gravava più di tanto sopra le loro spalle, ma col tragitto e con la strada impervia, aveva cominciato a farsi sentire. E proprio mentre rientravamo, qualche minuto dopo, il sole, il cielo terso, splendeva sgombro da ogni impurità inghiottita dall'aria. Ora siamo ancora in quattro a commentare il fatto, felici della passeggiata e dello scampato pericolo.

Lo so, mi coccolano troppo; vorrebbero non farmi pesare la malattia, il fastidio che la quasi immobilità ha causato al convento, distogliendo molte consorelle dalle abitudini della comunità. Eppure mi par di avvertire intorno come un'aria di festa, un sentimento di gioia, come quando da bambine calava improvvisa, come per incanto, un'aura di mistero e trasfigurava un intero paese, e lo rendeva sublime e diverso dal resto dei giorni. Erano i giorni di festa, era il giorno del santo patrono: s. Montano. Ecco, posso dirti che qui, ora, e ogni giorno che passa è una festa, quasi che mi sia concesso, per mezzo di quei sentimenti, di tornare un po' bambina e ne è parte attiva quell'amore, direi materno, con cui le care monache vogliono accompagnarmi al passo decisivo, all'ultimo, che segnerà, non la fine della mia vita, ma solamente il giorno della rinascita per sempre.

Ecco, potrebbe sembrare strano, ma io, ora, vorrei gridare la mia gioia, si ripeto, la mia gioia, pur nelle tante sofferenze del mio povero corpo che avrebbe molte ragioni per lagnarsi. Proprio a esso, al suo venir meno, s'ispira e da esso si alimenta la mia anima e la dilata di certezza eterna, nella pienezza del Signore Gesù.

Se dovessi fare un paragone del mio stato attuale, mi sorgerebbe spontanea l'idea di una grande casa, dove un costruttore invisibile e premuroso ha posto le sue mani per farla crescere e, ancora oggi, negli innumerevoli vani, si continua a collocare, a disporre ordinatamente oggetti preziosi, ad adornarla, ad arricchirla sempre più fino al suo completo e definitivo compimento, quando una luce mi accompagnerà fuori dal suo abitato, e uscirò proprio da quei vani che, seppur in parte nascosti, abbia tenuto cari e costantemente in me, ed ho alimentato e ravvivato con la mia fede; è rimasto intatto tutto l'amore terreno per i miei cari che ho perso e porto nascostamente nel mio cuore.

Potrebbe sembrare che una persona a una certa età possa dimenticare, non sia capace di esprimere sentimenti forti, e non debba essere considerata "in sentimenti" a pieno titolo; ma ti assicuro che non è così.

E tu Chiara, benché più vecchia di me, ma in piena salute, hai fatto né più né meno questo ragionamento, quando ti ho mandato a chiedere le rose e i fichi qualche giorno fa. C'è il pericolo di cadere nel tranello di abbandonarsi a se stessi, ma solo a volerlo, ad averne la piena convinzione, ti scende gratuita nell'animo una forza misteriosa che dà senso alla vita e la rende gradita e preziosa fino alla sua consumazione. L'età del cuore non esiste solo per la gioventù, perché possiamo amare da "vecchi" come quando lo facevamo da bambine, allo stesso modo, con la stessa intensità, con la stessa ingenuità. Dover rinunciare o limitare le attività del nostro povero corpo che invecchia, non vuol dire non dover vivere. Io dal mio letto, o dalla sedia in cui sono posta, posso ugualmente rendermi utile.

E' utile la mia preghiera, è utile il mio stato d'infermità, perché non lo lascio ripiegare su se stesso, ma lo offro come dono agli altri, e con esso partecipo non solo alla vita comunitaria, ma anche alle attività del mondo, e ci vivo e sto in mezzo a loro. Quando lo faccio, sento la gioia dei nostri tredici anni e la sconfitta del demonio che si allontana da me.

Cap. 12

Il parroco di s. Montano, don Mario, tuonava spesso dal pulpito contro i mali che affiggevano la società. Quando parlava alle ragazze, suggeriva paternamente: -Dovete fuggire "il peccato"' e le cattive compagnie come la peste.-

Quello che chiedeva madre Chiesa, il rispetto dei costumi, coincideva con la morale corrente, e le ragazze erano nei modi nel vestire castigate, mantenendo il riserbo imposto dalle famiglie.

Rita più di ogni altra ascoltava, con la gioia nel cuore di potersi umiliare, quei preziosi consigli e la voce suadente del parroco.

Ma quando senti ripetersi, quasi come un rimprovero, il presunto rapporto con Paolo, ne rimase offesa e umiliata. Se quello era un richiamo, questi aveva mal interpretato, o meglio era distante dall'aver capito la verità. Lei sapeva bene come mantenere l'integrità del cuore, la preziosa virtù, che teneva ben stretta dentro di sé come un bene supremo e indispensabile. Rita era cosciente di quella gioia, conosceva il profumo della rosa, sentimenti, afflati che non avevano niente a che fare né con il peccato, né con le cattive compagnie. Forse si voleva dubitare che lei fosse capace di evitare il male a qualunque costo, e tenere ben radicate la dignità e ogni virtù, cui ogni ragazza doveva primariamente ispirarsi per essere gradita prima di tutto al Signore e poi anche al mondo?

E' vero che si vive con il "male" attorno, ma lei, come sua cugina Chiara, possedeva già l'arma della scienza interiore che le faceva attente e decise di fronte ad ogni avversità e insidia. Loro capivano come nel mondo, a volte anche in modo nascosto e dietro gesti apparentemente insignificanti, si nascondesse invece l'opera subdola del maligno. A Rita non era sfuggita qualche risata insulsa e maliziosa di alcune coetanee, sguardi appena accennati e subito velati, quando passava qualche bel ragazzo. I commenti bisbigliati alla vicina compiacente non potevano nascondere il tumulto di pulsioni, di sentimenti, che accennavano, seppur in modo poco più che ingenuo, a scoprire i veli della pudicizia. Ecco perché Rita si sentiva offesa dalle sibilline insinuazioni del parroco che non voleva credere, in fondo, che lei non aveva mai visto in faccia quel Paolo. Perché quelle strane domande in confessionale?

Eppure in giro si era sparsa la voce che Paolo, senza ancora il consenso di Rita, a sua insaputa, era diventato il suo fidanzato. Sua cugina si accorgeva come Rita attraversasse un momento difficile, tormentata e assillata da un falso problema, da chiacchiere maliziose e offensive. Ne soffriva, e piangeva di quelle malignità insieme alla cugina, mentre salivano sullo Scoglio.

Si dicevano che forse erano legittime le domande di don Mario, era suo dovete scavare nelle coscienze per conoscerle nel profondo; forse si preoccupava di come sarebbe cambiata la vita di Rita, che aveva molto a cuore, e di cui conosceva le aspirazioni di lì a poco. Rita era sempre la stessa, anzi sarebbe stata più forte con "il profumo della rosa", anche se era chiamata ai doveri coniugali. Un giorno parlò apertamente a don Mario. Lo affrontò su quegli argomenti. Gli espose quanto la sua incomprensione le turbasse l'animo, perché qualcuno volutamente voleva dubitare di lei, della sua onestà. Lei, fuori, ed anche in confessione, aveva dichiarato sempre tutta la sua sincerità; non aveva tralasciato niente che potesse in qualche modo giustificarla, e mettere in discussione il suo pudore, la sua integrità di donna.

Poi gli parlò nuovamente della rosa, proprio di quella che la cugina le aveva portato e consegnatale da uno sconosciuto; provò a spiegargli, secondo lei, quale fosse il senso che attribuiva a quel gesto, svelatosi nel momento in cui l'aveva prese, toccate con le sue mani.

La rosa non era un pegno, non era una promessa, ma un semplice segnale o evento straordinario che lei avvertiva, e che le suggeriva immediatamente delle cose future, ma anche delle certezze attuali.

In quel momento ancora non sapeva quali, non conosceva pienamente l'entità dei suoi poteri e delle sue virtù, ma era convinta che quella presenza non fosse solo un caso, ma che nel "profumo della rosa"si racchiudesse come un soffio divino chè alitava la Bontà nella sua anima incerta.

Rita non poteva non chiedersi il motivo che aveva tenuto e continuava ancora a tenere Paolo lontano da lei, molto più vicino agli altri cui lasciava intendere il suo interessamento per Rita. Ripensava ai fatti che si erano legati l'uno all'altro: il giorno della rosa, don Mario e l'incontro di Paolo con i genitori lungo il fiume. Poi c'era la gente. E lei era ancora lontana. Poi un bel giorno tutto si chiarì e la richiesta di Paolo divenne ufficiale. Per tagliare corto e andare direttamente alla fonte, tanta di lì avrebbe dovuto necessariamente passare, il pretendente scelse l'avallo della Chiesa cattolica; fu così che una notte Paolo inaspettatamente si presentò a don Mario.

Uscì dal suo nascondiglio avanzando furtivamente in mezzo alla folla dei fedeli che usciva dalla chiesa dl s. Montano; arrivato sul sagrato, si fermò, aspettando che tutti se ne fossero andati, ma soprattutto il momento in cui anche don Mario avesse varcato l'uscio della chiesa. Vistolo, gli si affiancò suscitando il sospetto e anche la paura del sacerdote. Si presentò come il figlio di un suo conoscente, anzi di un amico: suo padre; gli raccontò brevemente la sua storia e soprattutto i suoi propositi, l'unico motivo che lo aveva portato sin lì. Le sue erano intenzioni serie avendone già parlato con i genitori di Rita. Paolo chiedeva a don Mario di convincerli alla sua causa, dal momento che gli erano parsi molto restii a parlare della figlia, e di un suo possibile matrimonio, perché conoscevano quali fossero i progetti di Rita, la sua vocazione che la spingeva a desiderare una vita monastica nel convento delle suore agostiniane di s. Maria Maddalena.

Nonostante don Mario gli ripetesse che il suo ministero era di celebrare il sacramento del matrimonio e non di combinarli, Paolo riuscì ugualmente a convincere il sacerdote della sincerità dei suoi propositi. Don Mario promise di fare da mediatore, e gli promise che ne avrebbe parlato al padre, al secchio Antonio Lotti, e alla madre. Disse che sarebbe stato solo ambasciatore, e non si crebbe esposto minimamente a perorare quella causa. Anche dopo che, con sua grande sorpresa, gli aveva rivelato di essere il figlio di un certo Ferdinando Mancini, persona stimata e di nobili sentimenti. Questo elemento non fu estraneo alla sua decisione di intervenire.

Ecco come quel giorno le aveva, suggerito don Mario, primi petali della rosa cominciavano ad aprirsi e il mistero cominciava a svelarsi, a coinvolgere Paolo, a coinvolgere in prima persona Rita con Paolo, mentre lui quella notte si allontanava col suo cavallo bianco. -Ricordi Chiara? Ricordi cosa abbiamo fatto dopo che il parroco me lo disse?

Sarei voluto restare sola, andare sullo scoglio a pregare, ad attingere lassù, più vicino a Dio, l'energia necessaria per dipanare la matassa che pareva si stesse intrecciando, invece, senza saperlo, stavo proprio scoprendone il bandolo. Alla solitudine ho preferito la tua compagnia, ho preferito pregare insieme con te, e trovare come sempre, nello sforzo comune, il conforto alle delusioni e alle false pressioni del mondo. Perché ci ricordavamo di ciò che ha detto Gesù'. - Dove si riuniranno due nel mio nome-.

La preghiera ha fin da bambina, aperto il mio cuore, ha lasciato aperto uno spazio a una"voce" che non era la mia.

Fatto sì che i miei anni siano trascorsi nella coerenza, e nell'adesione ai suoi dettami, ai suoi suggerimenti. Pur nella complessa e sotto certi aspetti inquietante storia della mia vita, se ne evince, nel lato della spiritualità una altrettanto semplice e lineare che incessantemente anela verso l'alto. Da un lato l'aspetto puramente umano; che fa apparire ciò che avrei voluto essere e che non sono stata, per mia o per volontà altrui, ciò che d'umano avrei voluto amare e che non ho potuto, perché gli affetti mi sono stati strappati prima del tempo.

Dall'altro, ciò che sono, ciò che sono stata per volontà inconoscibile di Dio, cui la mia anima si è, non dico piegata, elevata, attratta del Suo Bene superiore, dalla Sua irrinunciabile chiamata, e ho aderito ad un progetto, a quello che a volte sembrerebbe inumano, direi inaccettabile. Se mi guardo, così come mi vede la gente sembrerebbe che non sono stata per nulla accorta, che non sono stata decisa, avendo accettato di sposarmi, anziché, come tutti sapevano, farmi suora.

Sembrerebbe anche che non abbia scelto un buon marito, o come si dice un buon partito, che, nonostante gli sforzi e il mio costante richiamo a volerlo conformare alla fede in Cristo, non sono riuscita in tempo a strapparlo alla "politica", e che, invece, proprio per la sua presunta debolezza ai miei richiami mi è stato in modo cruento portato via.

Sembrerebbe che non sia stata una buona madre a educare i figli, che per vendicare stavano seguendo la cultura laica della vendetta, anziché i miei insegnamenti cristiani del perdono e della fede. La colpa di tutto questo, di questo disastro agli occhi del mondo, mi è imputata, tanto che le monache agostiniane, non estranee a queste voci, non mi vollero accogliere nel loro Convento.

Dal punto di vista di Dio è tutto così facile, direi così normale. Lui sa cosa debbiamo fare, dove dobbiamo andare. Il cuore ti dice di qua, il Signore ti chiama dall'altra parte.

Tu vorresti una vita normale, ma a qualcuno questo non è concesso. Tu sei rifiutata dalle monache che si condizionano al giudizio del mondo, ecco che Lui interviene e ti fa entrare miracolosamente a porte chiuse. Ecco immediata la risposta, la contropartita di Dio che non è mai in perdita. Il Signore ti solleva, ti fa fluire in benefici corsi sotterranei, invisibili, inesplorati, ti distilla l'anima in miniere di diamanti, e ti sottrae dal peso dei macigni della terra, e ogni sostegno è vero, reale, e non passa su di noi come un imbroglio dei sensi o della memoria. Quando penso alla rosa, quando guardo questa rosa che ho qui davanti a me, quasi che l'una e l'altra siano la stessa cosa, oppure lo sono, sono convinta che non possa ravvisarsi il caso, una circostanza qualsiasi, ma, come ho più volte detto, il segno visibile in cui si manifesta l'incontro propiziato, da cui scaturiscono "gli altri avvenimenti", che non sono riconducibili alla logica di un bene immediato, del mondo, del bene che ciascuno ambisce dalla vita.

Nella contraddizione, nell'apparente disordine di cui sembra essere costellata la mia vita, invece si costruisce un disegno alternativo, invisibile, ma altrettanto certo, che sfugge ai calcoli, ai giudizi; aleggia silenzioso nel mistero e si dipana a iniziare dal dono, apparentemente banale, di una rosa.

Il profumo, come l'acqua, il vento, sono segni in cui a volte soffia l'alito di Dio; chi ne è toccato ha coscienza di purificare l'essere nella lotta con la vita; la lotta che non ti vince, che non ti avvilisce, ma plasma l'anima e la rende certa, più sicura per quella voce forte che risponde e parla alla parte nascosta e inaccessibile di noi. Quando le avversità non ci hanno piegato ai loro desideri, quando le ginocchia sono rimaste salde e l'animo intatto, lasciamo che altri infrangano la nostra immagine terrena nei tanti specchi fragili del mondo; siamo tranquille che noi l'abbiamo fatto da noi stesse, ancor prima di loro, quando ogni dubbio si risolse nel profumo della rosa, mentre guardavamo in alto, dove si specchiava la nostra vera immagine, nella cupola dorata, limpida del cielo.

Cap. 15

-Erano alcuni giorni che sentivo un trambusto sopra la finestra. Il pigolio piacevole e un po' sgraziato dei pulcini che si animava al momento dei pasti, sembrava prendere maggiore vigore, più intensità, quasi un segnale che prefigurava la loro prossima uscita dal nido. E cosi è successo. Sotto il tetto s'è fatto un gran silenzio e solo in lontananza si ode il grido delle rondini che fendono l'aria in cerca d'insetti. Ma c'è pure un fatto nuovo: uno dei pulcini, forse non ancora pronta ad affrontare il volo, ha indugiato mentre si staccava dal nido ed è finito, non so come, passando attraverso il pertugio della finestra, dentro la mia camera. L'ingresso è stato annunciato da un gran fracasso, da un battere incerto delle ali del pennuto che oscillava maldestro dal soffitto alle pareti; finché ha urtato violentemente, forse volendone uscire, contro la finestra ed è caduto a terra tramortito. Ho voluto accertarmi delle sue condizioni, e affidandomi alle mie residue risorse, con sommo sforzo (non so in certi momenti da dove mi giungano), aiutandomi col bastone, mi ci sono avvicinata. Ho preso la rondinella tra le mani e quasi subito ha cominciato a muoversi. Tra me e me ho detto: - Vai rondinella, vai. -Si è staccata dalla mia mano e ha fatto un giretto intorno al vano, poi e ritornata al punto di partenza. Per convincerla del suo itinerario, l'ho portata in corrispondenza dell'apertura della finestra e subito, sicura, è volata via, libera verso il cielo che era la sua meta desiderata.

Noi da bambine eravamo cresciute in un paese, un piccolo mondo che sembrava starci troppo stretto, inadeguato a soddisfare i nostri desideri, le aspirazioni. Io che ambivo al convento, e tu che avendo sentito parlare di Caterina da Siena, volevi addirittura partire per terre lontane. Diciamo che per una serie di circostanze siamo cresciute troppo in fretta e a tredici anni stavamo prendendo coscienza di noi, del nostro stato che subito ha fatto cadere i baluardi in cui confidava la nostra innocenza, la buona fede.

Aspirazioni legittime, sacrosante, ma pur sempre nostre, che non tenevano conto d'altro, che non volevano piegarsi al "volo" verso il mondo, e forse, senza rendercene conto, volevano proprio fuggirlo, come la rondinella che non si sentiva pronta e voleva ancora per qualche giorno starsene tranquilla dentro il nido. E così a mano a mano, ogni idea si faceva da parte e davanti alla realtà con cui doveva inevitabilmente confrontarsi, se ne sviliva l'efficacia ed anche l'entusiasmo. Poi improvvisamente la rosa è comparsa a sgombrare il campo da ogni residuo dubbio, da ogni perplessità, da ogni congettura infantile.

Cap. 16

Rita e Chiara salirono sullo scoglio. Parlarono dei genitori di Rita, della loro vecchiaia, come se l'avessero scoperta in quei frangenti. Il convento era molto lontano e non faceva già più parte dei pensieri di Rita. Gli ultimi avvenimenti avevano cancellato ogni traccia di quelle vecchie, seppur recenti, aspirazioni.

Soltanto ora sembrava accorgersi che sua madre l'aveva partorita molti anni dopo il declino della sua femminilità, quando oramai nessuna donna nella normalità pensa di poter dare alla luce un figlio. Invece questo accadde, e lei era il frutto di quel fenomeno. Accadde per strane e impossibili coincidenze, quando neanche loro, i genitori, si aspettavano l'esaudimento di quell'incessante preghiera.

Ebbero dei segni che rinfocolarono l'ala del desiderio e aprirono lo spiraglio della speranza.

La madre per un lungo periodo continuò ripetutamente a fare lo stesso sogno. Diceva di trovarsi in un giardino di rose, dove lei beatamente camminava lentamente, e guardando lontano non riusciva a scorgere la fine dei cespugli fioriti. Una circostanza le rimaneva impressa più delle altre; mentre procedeva, era punta da una spina di una rosa rossa da cui lei istintivamente era stata attratta e che aveva colto con slancio e desiderio di possederla. Si svegliava ogni volta a quel punto, sempre con il dolore vero della puntura, ma soprattutto sentiva inconfondibile, come trasportato da quel giardino nella stanza, il profumo che per molto tempo pervadeva quel sito da cima a fondo. Antonio non voleva sentirne parlare, si adirava ogni volta che la moglie gli ripeteva quel sogno, e il significato che lei ci voleva cogliere. Ma lui, ugualmente, non poteva negare di aver sentito nella sua camera quell'odore soave che gli faceva accapponare la pelle. Quale prova d'amore più grande poteva dare il Signore a due poveri vecchi che avevano sempre creduto e sperato?

Eccellevano nelle virtù, sempre contenute nella modestia, avevano il conforto della fede, ma non reputavano d'essere degni di vivere un momento così travolgente da poter legittimare la nascita di figlio. Se fosse accaduto, il loro amore avrebbe avuto il sapore del prodigio, e loro non lo meritavano, non meritavano che fosse tolta loro quella "vergogna" agli occhi del mondo. E quello sforzo di purezza e di coerenza era stato premiato; era stato gratificato il coraggio di aver saputo fattivamente operare per amore verso gli altri, anche quando l'anima sembrava non poter sostenere il peso ed anche le forze fisiche venivano a mancare. Non era mai venuta meno la disponibilità a ricomporre liti, a volte casi disperati, mettendo spesso a repentaglio anche la loro vita, per aver scontentato l'una o l'altra parte.

Antonio Lotti e sua moglie Amata, infatti, per l'autorità e la stima che godevano, erano stati nominati pacieri, cioè giudici di pace. La gente aveva fiducia in loro, e a loro si rivolgevano per sanare i diverbi, liti di qualsiasi genere.

Rita già ascoltava, nel riserbo, le ragioni della gente, i presunti interessi lesi, come il vicino che sconfinava nel terreno altrui. E capì come a volte la ragione abbia un limite fragile, e che in ogni caso, anche nella ragione, l'amore non trovava posto nella presunta o accertata validità della legge e della sua applicazione. Né si poteva far intendere una soluzione che lo invocasse e rappacificasse gli animi dopo una sentenza, specialmente dalla parte di chi non si sentiva soddisfatto. In quei casi era più opportuno, invece, trovare una motivazione, se era possibile trovarla, per vie più pratiche che rispecchiassero la mentalità e il sentire della gente. Antonio e Amata, in questo, erano anche molto abili e riuscivano a destreggiarsi con saggezza e prudenza, forti della loro profonda conoscenza del sentire della gente. Un giorno il padre confidò a Rita che mettere d'accordo due persone in lite era la cosa più difficile del mondo. Loro non si arrendevano mai, anche davanti ai casi più difficili. Dove non arrivavano con le norme a volte, riuscivano con la pazienza e col tempo che giocava in loro favore. Tutto si riassumeva nella mentalità del prestigio, o giudizio degli altri. Per questo nessuno voleva riconoscere la propria colpa, o manchevolezza, a volte anche evidente, perché farlo equivaleva ad ammettere pubblicamente il torto ed era quanto non si potevano permettere. Era conveniente far decantare i fatti, e con un po' di pazienza e col tempo la gente si sarebbe dimenticata, e i contendenti portati a convinzione dai consigli discreti e rassicuranti dei pacieri.

Così, rappacificando la gente, erano vissuti Antonio Lotti e sua moglie Amata, dimenticando con gli altri e per gli altri il dolore nascosto, ma vivo, di non aver avuto figli.

Quel concepimento in età avanzata, tanto insperato quanto straordinario, rappresentava il più logico e naturale suggello alla vita di due persone oneste che già l'avevano spiritualmente fecondata con il desiderio e la volontà di essere parte del regno già su questa terra. Una vita nascosta, a volte dura, ma forte e inattaccabile, incrollabile nella fede. Così erano vissuti, mossi dalle parole sante: -Vi lascio la pace, vi do la mia pace. -

Quando videro la bambina tra e loro braccia erano sicure di assistere a un miracolo.

Paolo era un po' come un oggetto misterioso che appariva e scompariva nel nulla. Si era presentato in modo inconsueto, e le sue azioni erano imprevedibili. Enigmatico come la rosa che aveva portato, ma dall'effetto prorompente e prepotente per com'era riuscito ad interessare i pensieri di Rita.

Quell'apparire senza figurare, quasi volutamente nascondendo il suo volto, e sue sembianze, accrebbe in lei maggiormente là curiosità, avendo legato il suo futuro al mistero della rosa, e diventando entrambi simultaneamente e inscindibilmente come un'unità di pensiero, quasi la rosa reclamasse immediatamente la sua presenza.

Chiara le disse che si trattava di un bel ragazzo e che i suoi occhi ispiravano dolcezza e fiducia. Infatti, Rita dovette affidarsi alle impressioni della cugina, perché lei di Paolo non sapeva ancora niente. Non sapeva chi era, non sapeva di dove fosse. Quante volte, prima che s'incontrassero per la prima volta in casa Lotti, e di tempo ne passò veramente tanto, Rita cercò di conoscere, di sapere, dove l'avesse incontrata per la prima volta, dove e perché in Paolo era scattata la scintilla che gli aveva fatto meritare la sua attenzione. E da quel giorno per sempre. Lui era un uomo d'arme e di politica. Come aveva potuto pensare di voler conoscere una come Rita che sapeva solo di casa e chiesa, che più volte, e tutti lo sapevano, aveva manifestato il desiderio di entrare in convento? Forse era proprio questa notizia che lo intrigava e ci aveva posto la sua sfida per un successo?

In pratica questo Rita non lo seppe mai. Nemmeno Paolo seppe spiegarle dove avesse preso o chi gli avesse consegnato quella rosa. Disse che l'aveva presa distrattamente contro la sua volontà, perché quando era in divisa, non si permetteva leggerezze lungo la strada, né potevano averlo distratto i fumi dell'alcol dal momento che era astemio. Era quasi buio, quello sì, ma lui non si ricordò più di preciso, dove fosse il punto in cui carpì o ricevette la rosa. Stava tornando a casa, ma all'altezza del bivio per Collegiacone il suo cavallo invece, voltò e s'inerpicò sulla salita, contro il suo solito e contro i suoi comandi che, invece, volevano indirizzarlo sul piano. A quel punto Paolo aveva lasciato fare al cavallo. Dopo poco si trovava proprio fuori la chieda di s Montano col desiderio di donare la rosa. Ma a chi? Se lo domandava, ma in cuor suo lo sapeva. Era rimasto fermo lì aspettando chissà che cosa, qualche altro fatto che sfuggiva alla sua volontà. Rimase fermo ad aspettare, con la rosa in mano. Finché fu attratto dalle due ragazze che uscivano dalla chiesa. Rita non si fermò all'invito del giovanotto a cavallo che si era fatto avanti, né si voltò, ma affrettò il passo verso casa.

Cap. 18

E' venuta suor Lucia dopo il mattutino. Non si è minimamente accorta del trambusto che poc'anzi aveva animato il vano. Per prima cosa, come di consueto, ha preso l'unguento, delle bende nuove, e amorevolmente si è adoperata a curarmi la ferita. Oramai, già da qualche giorno, non avverto più nemmeno il dolore, né prima, né durante la cura. Sembra quasi che con l'approssimarsi della mia fine, la ferita si stia chiudendo, quasi a rimarginarsi, cosa che mi è capitata solo una volta, quando ci recammo a Roma per l'anno santo.

Suor Lucia mi dice che adesso non si sente nemmeno quel male odore insopportabile e nauseabondo che tanti fastidi aveva procurato alle coraggiose consorelle che a turno si sono cimentate nell'improbo lavoro di sfasciarla e rifasciarla.

Io, essendoci convissuta a lungo, ma anche per l'età, non riuscivo a distinguere quell'odore tanto insopportabile per gli altri, ma, nonostante tutto, non era mai sfuggito al mio olfatto il profumo della rosa, quasi a volermi confortare e a indicarmi che c'è qualcosa che non si perde mai. Da qualche giorno nella mia camera si alternano, secondo gli orari, una alla volta, le monache del convento.

Conversiamo come un tempo, parliamo del domani, del futuro, e tutto a loro sembra possibile standomi vicine. In realtà sanno che tra poco non sarò più legata a questa terra. Ci guardiamo negli occhi; i loro sono lucidi alla risposta di un mio sorriso.

Sappiamo che quest'ultimo sguardo significa il commiato. Le monache sono meravigliate. Adesso non sentono il cattivo odore, se non quello gradevole, inconfondibile, del fiore che sta sul davanzale della finestra.

Cap. 19

Sono nata io ed ho portato il segno della liberazione dal male del mondo che non vede di buon occhio famiglie senza figli, e dal male dell'anima che si faceva la colpa di non aver realizzato in pienezza il comando: -Siate fecondi. - Ma ora la verità era stata ristabilita, e una piccosa vita era stata "donata" per riordinare l'equilibrio del mondo. E ora mi chiedo come potevo essere arbitro della vita se ero, invece, così legata ai fatti, agli avvenimenti che non mi permettevano di evadere dalla sicura quanto inevitabile implicazione della mia persona in quei progetti di raffinata e inesplicabile fattura? Se ero nata da genitori vecchi, aveva sicuramente un senso, e certo, primariamente, m'indicava insistentemente di restare con loro, di non abbandonarli, di assisterli, di sacrificare la mia vita per loro, come loro disperatamente avevano fatto con me, per darmi alla luce. Loro che mi avevano messo al mondo carpendomi dalle viscere, dall'umana impossibilità, con l'aiuto di una mano invisibile e potente.

Feci prima io a dirlo; prima che loro mi tenessero informato di quell'incontro con Paolo, nel giorno in cui si presentò come un fantasma sul terreno lungo il fiume. Riferii a te Chiara di come mi fossi accorta, di come improvvisamente avessi aperto gli occhi, proprio dopo che tu mi portasti la rosa.

Sullo Scoglio, nella preghiera fatta nel silenzio, più efficace perché ci sembrava di toccare il cielo, scendeva una pace soave nell'animo, una gioia così intensa e nuova che ogni volta ti consolava delle delusioni, ti ripagava di ogni torto subito, e ti rendeva il giusto compenso a ogni contrarietà. Era bello stare lassù, lontano dalle cose, lontano dal mondo, dove più vicina sentivamo la presenza di Dio. Ma intanto vedevamo laggiù, ai piedi del monte, il paese e le minuscole figure che si agitavano, che ripetevano gli stessi gesti, così veri, così necessari e giusti per la vita. Tempo addietro ci facevamo prendere dall'idea suggestiva, dalla pienezza che il luogo ci faceva respirare, guardando quasi con fastidio tutto ciò che stava al di fuori del nostro desiderio di andare oltre, tutto ciò che ci avrebbe potuto distogliere da esso. Sentivamo aleggiare sul monte un'aura, un soffio vitale che nell'attimo cambiava le cose a nostro piacimento e che ancora non si rivestiva di virtù che ci restituivano alle cose, e che, pur con sofferenza, ci riconciliava subito con il mondo, ce lo facevano accettare anche nelle innumerevoli storture. Avremmo, allora, preferito starne lontano, lontano dal peccato del mondo, lontano dagli odi, dalle vendette, dalle guerre fratricide.

Ma da quando rimanemmo inebriate dal profumo della rosa, d mondo, non ci fa più paura; il coraggio è dispensato proprio dalla certezza di essere parti attive e feconde della vita, di essere chiamate a combattere anche le piccole, nascoste, insignificanti battaglie. Il nostro compito sarebbe stato di vigilare su due poveri vecchi, preoccupati, loro, per il mio e per il tuo futuro che, rimasta sola, sei per loro come una seconda figlia. Oramai anche loro sono stanchi e provati dalle tante fatiche della vita, ma mai domi, mai sfiduciati, mai persi d'animo, attenti come quando ebbero finalmente il dono impossibile della mia vita.

Si, a quel punto avevamo proprio smesso di sognare ed anche tu Chiara, come me, eri pronta ad accettare i suggerimenti che ti provenivano dal profumo inconfondibile della, rosa, quelli che ti facevano pronta ai richiami del cuore, ti facevano certa, illuminandoti le scelte dubbiose, molto spesso al di fuori del pensiero corrente del mondo, di quella logica terrena che fonda sul principio della ragione che avanza sulle cose del mondo, scelta della fede che spesso sfugge alla conoscenza provata e non si può spiegare.

Allora non sapevamo che il Signore ci avesse chiamate. Ognuna di noi per la propria strada, su difficili incroci che subito dovevamo scegliere, su viuzze senza nome, senza riferimenti precisi, che iniziavano da recessi impensati, ma dove necessariamente bisognava passare, correrci sopra, a volte cadere, senza mai stancarsi, senza mai voltarsi indietro, fino a quando non si fosse imboccata la strada maestra, in cui s'aprivano luminosi ed ineffabili i confini della terra promessa, di un paese che avevamo tanto cercato. Una volta qualcuno mi disse che la nostra vita continua ancora oggi a essere segnata dal peccato di Adamo e che quindi le colpe dei padri ricadono sui figli, avendo come conseguenza già la strada segnata. Io naturalmente gli risposi che non c'era niente di più falso che quelle parole, e che ogni uomo abbia una propria vita, abbia la possibilità di scegliere, di salire o di scendere, di scalare montagne o inabissarsi nei flutti. Certo il primo peccato ci condiziona, ma il Battesimo lo cancella, tutto il resto ci appartiene, così che bisogna iniziare a camminare, saper individuare e scegliere la strada, quella giusta. Non tutte le strade sono uguali.   A noi il bivio, questa volta, ci viene dall'alto, l'ha indicato la rosa, e il pensiero di attraversarlo, di percorrerlo fino in fondo e in quel percorso non era possibile escludere la presenza di Paolo. Io l'ho accettato umilmente quando ho udito quella voce santa che mi chiamava al Suo fianco.

Cap. 20

Cascia li 11 Maggio - Ascensione

Oggi è il giorno dell'Ascensione di Nostro Signore e le sorelle, avendo notato il mio miglioramento, per farmi distrarre avrebbero voluto improvvisare una piccola festa nella mia stanza. Sono venute con entusiasmo, adagio, senza fare rumore, ma affacciandosi sull'uscio mi hanno trovato assopita. Quelle ardimentose sono tornate indietro contrariate, dirigendosi verso il coro da cui, per l'occasione, erano state straordinariamente dispensate dalla madre superiora In realtà, non volevano scombinare più di tanto il convento, già sacrificato dal mio stato, dalla mia malattia. Ero stanca sì, ma ardevo della forza della mia "insana" felicità, e così ho preferito tenere gli occhi chiusi, anziché aprirli, come avrei potuto fare. Poi improvvisamente, mentre pensavo che tutte se ne fossero andate, è invece comparsa sulla porta suor Costanza. Mi ha chiesto se poteva restare. Glielo concessi a una condizione: che mi avesse cantato le laudi del mattutino, facendo però una piccola digressione, un peccato veniale che sarebbe dovuto restare fra noi; avrei voluto ascoltare per prima cosa l'Ave Maria. Intonò la laude con voce dolce, quasi bisbigliata, finché in un crescendo di note e di acuti celestiali arrivò "all'ora pro nobis peccatoribus, nunc et in ora mortis nostrae". Fui come colta da una luce improvvisa che penetrava dalla finestra e illuminava di un chiarore dorato tutta la stanza.   Due lacrime segnavano il mio viso che nello stesso tempo si rallegrava di quella vista. Sono stata così attratta da quell'incomparabile e inaspettato incontro che ora prendeva forma, si animava proprio davanti al mio letto, ed era al mio cospetto come sempre l'avevo immaginato. Non so per quanto tempo sono rimasta così, estasiata, fuori di me, quasi estranea da ogni contatto con il mondo che ben conoscevo. Quando sono tornata in me e potevo guardare le cose, toccarle, non c'era più nessuno vicino, non c'era più nemmeno Costanza, né sentivo ancora allietarmi della sua bella voce. Ma vidi proprio dietro la porta, seminascosta, qualche suora inginocchiata che incredula e tremebonda ancora non voleva credere ai suoi occhi. Non volevano farlo, ma io capivo che tutte guardavano verso di me, mentre io dicevo, ancora non completamente sciolta da quell'incontro: - Sacro Cuore del mio Gesù, mio dilettissimo e amato sposo.-

Erano passati quattro anni dacché i genitori di Rita e quelli di Paolo, come si usava a quei tempi, si erano scambiati irrevocabilmente la promessa di matrimonio.

E in quattro anni erano successe di cose!... Di cose di grande importanza. Era morta Caterina da Siena, che si era battuta per l'unità della Chiesa di Roma, ultimamente a fianco del papa Urbano VI e contro di quello eletto ad Anagni dai cardinali francesi col nome di Clemente II. A fianco del papa di Roma c'era anche Alberico di Barbiano, un condottiero che aveva fondato la compagnia di san Giorgio. Il papa Urbano aveva anche lanciato una bolla contro le compagnie di ventura che iniziava con queste parole: - Grida a noi da ogni regione il sangue innocente sparso da una moltitudine di fedeli. -

Intanto Alberico da Barbiano vinceva i francesi in nome di Urbano VI, papa di Roma. Riceveva in premio un vessillo d'oro in cui c'era scritto: - L'Italia liberata dai Barbari.-

Caterina scriveva lettere per l'unità della Chiesa, ma moriva a soli trentatré anni, per il dispiacere dello scisma, per la divisione che, questa volta, non era riuscita a ricomporre.

Cascia, nonostante i nuovi statuti, era, come buona parte dell'Italia, inquieta. Non si placava l'odio e la vendetta covava nell'animo di molti. I nuovi fermenti e la nuova bufera che si era abbattuta sul papato, non risparmiavano la politica di Cascia. Il popolo era influenzato dagli avvenimenti, dalle notizie che giungevano sul conto dei due papi, quello romano e quello francese. Ci si schierava da una parte dall'altra solo per compiere vendette ed efferati delitti.

I genitori di Rita non c'erano più; uno dopo l'altro se ne era andato in silenzio, cosi come avevano vissuto, predicando la pace e invocando fino all'ultimo istante della loro vita predicando la pace, e invocandola fino all'ultimo istante della loro vita.

Rita e Chiara erano rimaste sole; avevano qualche lontano parente che aveva nel nome l'unica cosa in comune, e la scusa della parentela tirata fuori quando c'era da criticare, da accendere liti in nome della reputazione da difendere, anche con il sangue. In mezzo a questo caos vivevano intimorite le due cugine, ma nel contempo corroborate dalle promesse del futuro: quello di Rita già sicuro verso il matrimonio, quello di Chiara che invece s'ispirava, in parte, a quello stesso a cui Rita per "volontà superiore" aveva dovuto rinunciare. Chiara non si sentiva portata per il matrimonio, glielo aveva fatto capire proprio la rosa che aveva passato a Rita dalla sua mano.

Entrambe erano determinate, decise ad arrivare fino in fondo, fin dove la sorte e la sentita aspirazione le chiamava, anche se c'erano stati tanti fatti nuovi che avrebbero potuto condizionare in modo diverso ogni previsione. Ma entrambe capivano che non potevano, che fin là non cerano arrivate per caso, ma con segni prodigiosi, con una misteriosa rosa che emanava il suo profumo inconfondibile, e sprigionava una misteriosa forza che spingeva, suggeriva di andare oltre, di là delle umane convinzioni.

Cap. 22

Rita non aveva mai capito i motivi che avevano convinto il padre ad acconsentire a concederla in sposa a Paolo. Né mai glielo chiese. In verità era la stessa domanda che si faceva anche la gente che non vedeva una ragazza come lei al fianco di un uomo d'arme che non voleva saperne di Dio ed era schierato dalla parte dei ghibellini, e, Dio ci scampi, anche da quella di Clemente, il papa dei francesi. Un uomo sospetto alle autorità cittadine, con una condotta al limite della legalità. Oltre che supposizioni, fantasie costruite intorno alla loro vicenda, che doveva ancora nascere, non c'erano fatti, non c'erano incontri.

L'unico che ebbero, fu quando Paolo venne a casa di lei con i suoi per il fidanzamento ufficiale, ma da allora seppe di lui solo notizie saltuarie che rimbalzavano nel paese, che suonavano di monito e di offesa per le azioni, non sempre limpide, che distinguevano il comportamento della sua fazione ribelle.

Anche se Paolo non la pensava così, e spiegò a Rita poi che la sua era una scelta politica, d'idealità che si schierava dalla parte dei più poveri e dei bisognosi e di chi era oppresso da ingiuste gabelle non adeguate alle reali capacità di poterle pagare. Non essere sempre d'accordo con le autorità costituite, spesso vessatorie, non era il male come volevano fare apparire, e chi si opponeva, non poteva essere considerato un ribelle, un piantagrane, ma di un volenteroso lodevole che s'interessava dei problemi della società; così Paolo si definiva, in verità, un bravo ragazzo, uno cui stava a cuore la vita degli altri e se ne occupava disinteressatamente in prima persona per cercare di migliorar e renderla più umana e degna.

Ecco, involontariamente erano più gli altri ad alimentare la loro storia, più degli stessi interessati che sembravano addirittura ignorarsi, tanto meno dava motivo di commenti dei loro presunti, furtivi incontri, che esistevano solo nella fantasia dei paesani. Rita partecipava, invece, interiormente con grande emozione a questi accadimenti tanto che le procuravano una gran pena a motivo dalle falsità che venivano dal gran parlare di loro della gente, e dalle lunghe assenze da casa di Paolo di cui Chiara la teneva costantemente informata.

Una notte Paolo passò il fiume Corno: era ingrossato per la pioggia. A Uguccione disse che si doveva assentare per degli affari urgenti. - Di cuore -, gli rispose il capo alquanto secccato. Sarebbe tornato quella notte stessa.

Lungo la strada, la vita sembrava scorrere lineare, ordinata, in un'apparente e tranquilla normalità, e in quel momento non c'era di meglio per l'animo e ì sentimenti di Paolo. Si lasciò alle spalle il tratto adombrato dai grandi pioppi.

Si specchiavano sulla strada imponente, alla luce della luna. Si fermò e tirò fuori di tasca una grande pergamena. La guardò per un attimo, e non credeva a quello che c'era scritto, anzi non credeva che potesse essere stato lui a scrivere.

Con quei pensieri arrivò dì buon umore all'osteria della Tintarella. Giocavano a carte. In una stanza attigua si sentivano le grida della morra. Domandò ai presenti se c'era qualcuno che sapeva leggere una mappa. Estrasse una carta in cui erano disegnate strade, monti, fiumi e scritti nomi di città.

Disse: -Ecco, venite a vedere da dove giungono le api. Indicò un puntino all'estremità della carta. -Proprio da qui.- E se ne andò.-

A Rita a volte sembrava di partecipare ai guai Paolo, tanto che stava lì per dirgli:- Vieni via, quello non devi farlo. - La sua anima si angosciava e l'ansia, la paura le confidavano quanto già fosse vicina al suo futuro sposo.

Quella sera in cui Paolo arrivò, lei già sentiva in cuor suo un'aura impalpabile, ineffabile, e in quell'idea lo scorgeva vicino a casa sua come una carezza. Chiara conosceva i sentimenti di Rita, che le rivelava il suo animo, le apriva la voce del cuore, e le apprensioni per lui. Quella notte Rita, seguendo la chiamata dell'anima, si affacciò alla finestra e vide Paolo col suo cavallo bianco che si allontanava dalla sua vista.

Cap. 23

L'ultima volta che vennero le suore a bussare in casa per la questua, mamma e papà stavano ancora con noi. Ma sarebbe stato per poco. Non ho resistito all'idea di chiedere notizie del convento di s. Maria Maddalena. Ma non ho ripetuto, come facevo di solito, come avrei dovuto fare per essere accolta in clausura. Forse si accorsero subito pure loro dal mio comportamento che a volte tradiva un'emozione insolita, direi un desiderio di esternarla, ma che a un piccolo accenno subito si ritraeva. Oppure era soltanto una mia idea, che avrei dovuto confessare tutto, e che mi scusavo per aver arrecato tanto disturbo per niente, perché in realtà loro sapevano già tutto, sapevano del patto che era stato stipulato per il mio matrimonio, sapevano dell'incontro ufficiale delle famiglie nel giorno del fidanzamento. E forse era questo il motivo di una malcelata tristezza, della delusione che si leggeva nei volti per non essere io riuscita a realizzare i piani che tante volte avevo esposto alla loro clemenza. Pur non avendomi mai incoraggiata, anzi direi avevano piuttosto cercato di dissuadermi, anche se il dissenso non era stato manifestato da loro, ma da altri ben più in alto, e, semplicemente per una scusa banale, mi facevano presenti le tante difficoltà e le privazioni che la regola del convento imponeva, adesso, invece, se ne dispiacevano.

I discorsi spontanei e appassionati di un tempo, ora si limitavano a una sterile e formale sequenza di domande e risposte. I timidi accenni di un discorso si concludevano prima di iniziare, finendo con le frasi di circostanza e di commiato.

Sì, erano proprio rattristate del mio caso, che nonostante tutto, molti dubbi e perplessità suscitava, ed evidenziava un non so che di misterioso che sfuggiva alle mere considerazioni, alla linearità che conclude gli affetti e le cose del mondo. C'era un vuoto che non si riusciva facilmente a colmare, un passaggio che portava immediatamente non si sa per quali strade, dal convento al matrimonio. E forse questo era il turbamento di suor Maria e di suor Clara.

Ripensavano a quando si adoperavano per non creare in

me false illusioni e aspettative, a quanto invece, in cuor loro, fossero felici per la mia presunta e lecita vocazione, che ripercorreva i tempi della loro gioventù, quando furono toccate dalla grazia divina e ne seguirono l'influsso e il benefico consiglio. E forse vedevano già in me una di loro, una della comunità di s.Maria Maddalena, con il mio viso e la figura da adolescente, snella e ieratica che avrebbe rinverdito l'età media del convento. Infatti, ultimamente, anche per la rigidità della regola, e la notevole spesa per il corredo, c'erano state ben poche novizie. Io, quando avessi superato tutti gli ostacoli, sarei stata una loro sorella, ed era questo che reconditamente, speravano in cuor loro. Ma ora non più. In quel momento si affacciò mamma con un cesto coperto da un panno bianco. Le solite cose; noci, formaggio, salumi e un filone di pane senza sale che avevano cotto il giorno prima. Timidamente lo presero, ma con l'animo di chi sa come poter ricompensare di quell'elemosina. Ci avrebbero ricordato nelle loro preghiere. Ma io le ho tolte d'impaccio e in quel momento, ho cercato di rincuorarle dicendo che un giorno avrei avuto bisogno io di loro e sarei andata a bussare alla porta del convento, avrebbero in quel momento saputo come sfamare l'anima mia. Ci siamo salutate. Si sono girate a guardarmi mentre le salutavo sull'uscio di casa, meravigliate e incredule delle parole che avevo detto loro, quasi fosse una profezia. E lo era.

Cap. 24

- Ti ricordi Chiara quando è venuto il padre di Paolo. Ferdinando, per stabilire con noi la data delle nozze? Era un giorno freddo di febbraio, nevicava così fitto che quando si presentò all'uscio di casa, così coperto e con la neve che aveva steso in velo gibboso sulla barba, non riuscimmo a riconoscerlo.

Dicemmo subito insieme, come se ci fossimo letti il pensiero: - Con questo tempo!-.   Ma lui ci fece capire quasi che il giorno di neve e tormenta fosse stato scelto apposta per avere meno incontri possibili, ed essere meno esposti alle chiacchiere e ai commenti del paese che in quell'occasione non avrebbero visto il diretto interessato, Paolo. Già, dov'era Paolo?

Ultimamente c'erano state delle sommosse contro il governo pontificio e, cosa seria, in quegli scontri, ara stato ferito anche il podestà. Ritornata la calma però il governo pontificio aveva mandato i suoi emissari a cercare i responsabili di quei disordini. Proprio per questo Paolo, che conoscevano bene chi fosse e quali compagnie frequentasse, se ne stava nascosto aspettando tempi migliori. Io stavo in gran pena per lui, ed ero altresì mortificala, umiliata, perché, per non suscitare ulteriori commenti al mio caso e quello di Paolo, eravamo anche noi costretti a non mostrarci in paese, e muoverci strettamente nel nostro privato, ora che, invece, avremmo dovuto gridare di gioia ai quattro venti, rendere partecipe di essa tutto il paese, tutti i conoscenti. Questo ci era vietato dalle circostanze avverse. Ma questa non è una novità e tu Chiara conosci quanto la mia vita, la tua siano state e sono così portate alla privazione; siamo nate per non concedere niente alla "platea", per portare una croce, come simbolicamente la portavamo quando ci scambiavamo quella piccola di legno quando salivamo pregando sullo Scoglio.

Ecco Paolo non sarebbe venuto, avremmo deciso tutto noi, senza di lui. Così dopo varie considerazioni sui tempi e sui modi, sulla festa di Pasqua che ricadeva la seconda domenica di aprile, decidemmo per l'ultima domenica di quel mese. Per me sarebbe andata bene qualsiasi data; io era già pronta da tempo, e tutto il corredo la mia povera madre, prima di morire, aveva fatto in modo che fosse completato. Io non avevo da fare altro che attendere il giorno della promessa, quello che il Signore mi aveva indicato per mezzo della rosa e del suo profumo. Noi lo aspettavamo che un giorno o l'altro qualcuno si sarebbe fatto vivo, perché conoscevamo bene le usanze, la cultura delle nostre parti, dove i matrimoni erano regolarmente celebrati entro i quattro anni dalla data del fidanzamento. E così era stato, e nessuno aveva mancato alla parola "data", tanto meno io che a maggior ragione dovevo rispettarla anche in memoria dei miei genitori che insieme con me l'avevano data. Ferdinando, mio futuro suocero, si era preso a cuore, come un padre, la nostra situazione che ci vedeva sole e indifese; in verità dacché siamo rimaste sole, e tu Chiara sei venuta, ad abitare in casa mia, nessuno ha mai osato mancarci di rispetto, anzi ti dirò che ci sembrò come se una presenza invisibile vegliasse sopra di noi e facesse in modo che non avessimo paura durante la notte, che intorno fosse calata un'aura di ammirazione che aveva contagiato tutto il paese e oltre.

Il sig. Ferdinando, prima di congedarsi, rinnovò la sua piena soddisfazione, compiacendosi della scelta del figlio che aveva saputo, almeno in quell'occasione, la più importante della sua vita e non si sa per quale ispirazione, essere così imprevedibilmente oculata, tanto da innamorarsi di una ragazza di grandi virtù (queste sono state le sue parole). Paolo in altre occasioni non lo era stato per niente, quasi mai. Ma questa era la sua indole, fatta di grandi slanci che però non sempre coglievano nel centro, nel segno giusto. Ora la sua vita era ripagata per avere trovato la risposta alla ricerca affannosa e spasmodica della sua gioventù mossa da una sete di giustizia, diciamo anche di amore, che somigliavano solo alla sua ingenuità, alla sua buona fede, non tanto alla nobiltà dell'azione, ai mezzi con cui si voleva raggiungerla e, quindi, criticabili.

Mi diceva che io avevo compreso il suo animo, per questo lui aveva meritato la mia attenzione, fino al punto di essere corrisposto nel sentimento, fino al punto di avermi chiesto in sposa, ottenendo anche il preventivo consenso dei miei genitori. E lui di tutto questo, della rosa che lo aveva indirizzato a me, me ne era eternamente grato. Avrei dovuto a questo punto rivelargli la verità, ma me ne sono astenuta perché tanto sapevo che non mi avrebbe capito. Come avrei potuto dirgli che in realtà noi e i nostri desideri erano stati misteriosamente indirizzati a incontrarsi? Il nostro merito e il nostro voler risolvere la vita, in questo caso erano quasi impercettibili. Se ora ci trovavamo a quel punto, non era né per merito né per volontà di alcuno, ma semplicemente perché c'eravamo, già prima, stati chiamati. E se gli avessi parlato della rosa e di te chiara, del giorno in cui tu me l'hai portata, il giorno in cui la mia vita ha avuto come un sussulto e si è ispirata ai suggerimenti e all'aura dei pensieri e desideri che quel profumo benefico ispirava? Com'è stato difficile capire, rinunciare, ma com'è stato bello poi seguire i consigli, assecondare la voce intelligente del cuore che ti faceva sicura, che ti gridava nell'anima la felicità di un ragazzo che era venuto, abbassando la sua superbia, a elemosinare la mia pietà al suo amore, che cercava, senza saperlo la salvezza, la liberazione da qualcosa che lo opprimeva e che altrimenti non avrebbe trovato. Chi gli aveva suggerito di cogliere la rosa? Chi gli aveva suggerito di portarla proprio a me? In quell'attimo mi sembrò tutto così chiaro, così evidente la regia di una mano che con cura paziente applicava diligentemente le tessere a un mosaico, e che già stava per delineare la prima figura, e il tempo, come una magia, avrebbe fatto comparire tutto il resto.

Ecco, poc'anzi ho visto il Signore, il mio sposo che stava per venirmi a prendere: sarebbe arrivato presto. Anche allora, ho visto il "suo volto", in quell'attimo l'ho visto riflesso su quello di Paolo. Ho visto con certezza la Sua luce, mentre benediceva la mia unione, quella che agli occhi del mondo sembrava impossibile, come impossibile ero io, come impossibile era la mia vita, ma per la quale ero nata, com'era impossibile che la rosa si mantenesse nel bicchiere, fresca e profumata per ben quattro mesi, come il primo giorno.

Cap. 25

Cascia li 18 Maggio – Pentecoste

Ho passalo una notte insonne, poi verso l'alba mi sono assopita. Ma era un sopore strano in cui le voci e le sensazioni che provenivano dall'esterno sembravano compenetrarsi con i miei sogni. Così dal cinguettio che proveniva dalla grondaia, si affacciavano i prati fioriti della mia giovinezza, gli alberi, le querce e mi suggerivano la frescura del Corno che dava ristoro ai lavori dei campi alle lunghe estati. Le immagini e le impressioni che si dilatavano nella mia mente non si piegavano ai dolori della mia vecchiaia, della malattia che sembrava scomparsa, ma seguivano un corso benefico e si allineavano, davano spazio alla gioia che pervadeva la mia anima. Finché dalle rincorse sui campi della mia fanciullezza, dove io e te Chiara inseguivamo le farfalle, entrambe leggere e eteree come loro, sono stata chiamata da una voce familiare che gridava:- Le api, le api sono uscite.- Mi sono subito destata come se le immagini oniriche, ricomposte faticosamente dalla memoria, fossero una sorta di ideale continuazione di quelle reali, che avevo spesso frequentato nella mia fanciullezza, quando osservavo ammirata e compiaciuta le api che volavano dal foro della grande quercia vicino e le mura del convento , da cui poi uscivano tempestivamente all'inizio della primavera. Quando succedeva, vedevi netta la rottura della lamina di bava che tappava il foro per tutto l'inverno. Poi è venuta suor Lucia a comunicarmi la notizia, e insieme abbiamo riflettuto sulla puntualità, della loro comparsa, precisa nel confermare la nuova stagione.

O meglio quella primaverile per noi non cominciava mai il ventuno di marzo quando, da queste parti, di solito, il maltempo ancora imperversa e arriva il vento gelido dalle vette innevate. Ma con l'apparire delle api il segnale del tempo si fa più sicuro e si giova di quell'ineffabile intuito climatico, alla portata di quelle api che vengono fuori dai fori murali solo ed esclusivamente col bel tempo.

Mi sono anch'io lasciata coinvolgere da quell'improvvisa allegria che ha contagiato il convento, e ho pregato le due oramai famose suore, di portarmi fuori dalla stanza, appena sull'uscio, da dove potevo guardare il giardino. Il sole splende alto nel cielo azzurro e tocca verso nord-est le colinette verdi del bosco che salgono sopra il fiume. Due sorelle zappettano l'orto in fondo al terreno, proprio sotto il muro di cinta. Due colgono le rose per addobbare la chiesa, nella scarpata sotto di me, nel roseto che costeggia la scalinata esterna. Le rondini fendono l'aria e sibilando volteggiano leggiadre, fin tanto a sfiorarmi, tanto volano basso in cerca di cibo. Quand'ecco che un ronzio mi distrae da quella prospettiva che tanto gratificava il mio animo, e riportata l'attenzione più vicino a me, al sito in cui mi trovo immobile sulla sedia.

All'improvviso proprio un'ape di quelle che mi sono care, si è silenziosamente posata sulla mia mano destra che avevo proteso nell'aria quasi in segno di preghiera, volendo, invece, solo accogliere il suo invito a seguirla nel percorso. Sì, ho ancora una buona vista e non ho avuto dubbi nel riconoscere un'ape muraria, senza pungiglione, di quelle che festeggiano la loro vita specialmente a maggio, per poi rinchiudersi, subito dopo, nel muro del chiostro, dove riposano per quasi tutto l'anno. Sono stata felice di quella presenza, che altrimenti sarebbe mancata ai possibili ultimi desideri che accompagnano e accompagneranno gli ultimi momenti della mia vita su questa terra. Anche il suo era un saluto, come quello che ogni anno ci aveva coinvolto, solamente che questo aveva un sapore speciale, quello del commiato. Era venuta a parlare con me, in nome di tutte le altre, a ricordarmi dì quando ancora in fasce, aveva avuto il privilegio di suggere il nettare dalle mie labbra.

E' volata via lontana, girando sopra i tetti, ed io sono rimasta a guardare fino alla sua scomparsa, così come tra poco anch'io sarei sparita non solo da lei, ma da ogni cosa del mondo.

Cap. 26

Quando il marito di Rita stava lontano di casa, c'era sempre Chiara a farle compagnia; Lei glielo ricordava spesso: - Chissà come avrei fatto se non ci fossi stata tu. - In quel lasso di tempo che seguì il matrimonio, il clima sociale sembrò come normalizzarsi. Dopo il trattato di pace fra le parti contendenti, Paolo apparve sempre più distaccato dalle sue vecchie amicizie e sembrava addirittura che se ne volesse finalmente disfare. Del resto, lui sapeva che la cosa non era facile. Passava più tempo in casa, e stava organizzando l'allevamento delle api come un vero e serio lavoro. Approfittava del momento favorevole per ridimensionare la sua vita, per riscattarsi dei tanti errori che aveva commesso ingenuamente nella prima gioventù. I capi estremisti, tra cui Uguccione, che rappresentava l'ala più estremista e irriducibile dei ghibellini, erano stati messi al bando e costretti a fuggire, rifugiandosi lontano o sulle montagne circostanti. Paolo e Rita abitavano la casa nuova in fondo al paese. Erano felici del loro matrimonio e di come stavano piegando favorevolmente le cose. Quella mattina Paolo uscì da casa di buon mattino dicendo a Rita di non aspettarlo che avrebbe fatto tardi. Uguccione era sulle montagne e Paolo lo cercò vanamente per tutta la mattina. Finché passò la valle, dall'altra parte del fiume. Non sapeva di trovarlo, ma ci provò ugualmente. In cima alla rupe lo trovò. Era visibilmente dimagrito, con la barba lunga, ma di ottimo umore. Il pregio di Uguccione era proprio questo, che in ogni occasione, anche le più contrarie, riusciva a mantenere sempre un sano distacco.

- Come hai fatto a trovarmi? - Gli disse nel vederlo.
- Lascia perdere, tanto lo so solo io, e se dovessi ritornarci, non saprei proprio some farlo.-
-Per me è una gioia rivedere un amico dopo tanto tempo, ma sai quanto rischi se venissero a saperlo?-

Paolo gli rispose. -Non importa; ho da dirti una cosa. Sai, ho finalmente ho un lavoro.-

Uguccione scoppiò a ridere, a ridere che non riusciva più a dominarsi. - E tu sei venuto fin qui per dirmi che hai trovato un lavoro? E quale lavoro sarebbe, di grazia?-

-Le api mi rendono bene, il miele si vende, ed io sono felice così, con la mia Rita e non pretendo nient'altro. Uguccione fumava la pipa, fece una tirata profonda e poi con sdegno sputò per terra. Cambiò discorso:- E cosa si dice in giro di me, di noi?-Paolo raccontò a Uguccione che aveva un po' perso di vista tutti; gli riferì che era un momento difficile e che ora quelli là avessero il pieno potere. Gli altri aspettavano tempi migliori.

-Ma è meglio lasciar perdere, oramai siamo fritti, abbiamo perso e quei tempi non ritorneranno più.

Uguccione adirato: - Solo tu sei fritto amico. Vedrai, dai tempo al tempo e tutto ritornerà come prima. Alla fine l'avremo vinta noi e noi comanderemo.

Paolo:- Quando tu comanderai, io già starò lontano.- Uguccione:- Ah sì, e dove andrai di grazia? Ti troveremo ovunque andrai.

Paolo: - Io domani partirò con il miele; se hai bisogno di qualcosa…in fondo la mia amicizia, che va oltre la politica, resta sempre.-

Uguccione: -Non so che farmene della tua dannata amicizia; l'unica cosa che voglio è che tu stia ancora a combattere al mio fianco. Tanto non illuderti, ritornerai, perché tu che sei il bravo in arme non ti potrai mai dimenticare la tua spada macchiata di sangue. Solo questo voglio da te e nient'altro.-

Paolo:- Puoi scordartelo-. E se ne andò.
Uguccione gridava dall'altura di non farsi mai più rivedere, perché se lo avesse fatto, sarebbe stata la sua fine. Ritornando in paese Paolo fu contento di trovare quella situazione per lui completamente nuova. Il popolo, i contadini erano tranquilli.

Luì godeva ancora di un antico rispetto e dalle sue parti nessuno più osava appiccare il fuoco, seminare terrore e compiere azioni proditorie. Con l'accordo stipulato tutte le gabelle, a cominciare da quella del sale, erano state diminuite dallo stato pontificio. Ciò era stato possibile perché le spese per l'esercizio della guerra erano diminuite, ora che anche i francesi si erano ritirati dai confini dello stato. Tutti trassero vantaggio dalla pace: professionisti, artigiani, contadini, perché non si era costretti a lunghe pause, sospensioni per la guerra, oltraggi di parte, minacce, arruolamento forzato in questo o quell'esercito. Insomma, quando Paolo aveva deciso di essere un cittadino qualunque, un lavoratore, sembrò di rivivere uno di quei momenti fiorenti, di prosperità e di benessere che solo il flusso benefico e geniale della pace può concedere, elargire.

-Sembrava già cosi lontano il tempo in cui il pericolo regnava in mezzo a noi, e non sapevi nemmeno da quale parte stesse il tuo nemico, potendo essere anche quelli di una stessa famiglia.

E' in quel clima ancora di apparente calma, ma sempre adombrato di sospetti che una mattina rigida di fine aprile celebrammo, quasi in punta di piedi e con pochi presenti, le nozze nella chiesetta di s. Montano, la nostra chiesa, dove Paolo mi disse che mi vide per la prima volta. Dove Paolo ebbe l'intuizione ci farmi consegnare una rosa. Dove credé di trovare la sua vita. Il sole si affacciava quella mattina da dietro i monti innevati e spandeva la sua luce benefica e misteriosa su di noi con i raggi di mille colori.

Cap. 27

I tempi che precedettero il matrimonio forse sono stati i più difficili, i più impegnativi, direi i più controversi, perché, mentre da un lato l'entusiasmo del nostro amore ci portava l'animo e la gioia alle stelle, dall'altro, subito i fatti esterni in cui Paolo era inevitabilmente coinvolto, li svilivano. A volte ho perfino pensato di aver sbagliato tutto, e che il mio amore che lo portava sempre più verso di me, verso la famiglia, verso Dio, gli avrebbe, in realtà, nuociuto più di ogni possibile immaginazione; ho temuto non solo i guelfi che erano i suoi avversari, quanto i suoi stessi amici che non vedevano di buon occhio il suo cambiamento, e non gradivano quell'atteggiamento apatico e remissivo, di totale indifferenza, in stridente contrasto con la sua indole, e che sapeva tanto di tradimento. Ma ancora non volevano credere a tanto, solo considerando quello che poco tempo prima Paolo aveva fatto e rappresentato per la causa. Paolo stesso che prima di quei fatti non aveva tenuto in giusta considerazione la gravità del suo ingenuo quanto spassionato e scriteriato patto, pian piano cominciò a capire come in modo insulso avesse compromesso la sua vita, più di quanto avesse potuto immaginare. In lui, così giovane regnava, come deve essere, la goliardia dell'età e l'entusiasmo di tutti quelli che credono con le proprie forze di poter cambiare il mondo. Ci pensarono "gli altri" a ricordargli il giuramento cui tutti i membri della "famiglia" si erano impegnati in nome della causa comune: per il potere e per il popolo che stava col re di Francia. Avevano giurato e avevano firmato con il sangue e se fosse stato necessario, avrebbero dovuto donare la vita per la causa.

Paolo, prima di uscire dal gruppo, era diventato intrattabile, irascibile; s'isolava in lunghe pause e paurosi silenzi, fissando il vuoto, ripercorrendo i suoi tanti perché che ancora non era riuscito risolvere e risolversi per un nuovo e desiderato progetto.

Era tormentato dai dubbi e questo gli capitò solo perché pensava in qualche vicolo cieco, con la sua condotta, mi avesse cacciato, e nel momento in cui ricominciava a sentire certe voci non facevano che confermare e presagire niente di buono per il suo e il nostro futuro.

Certo, in quei terribili momenti capivo che non fosse opportuno cercare di forzare il voluto e forzato mutismo, ma rispettavo il contegno che, seppur indisponente e forse volutamente provocatorio, aveva e si riconduceva a delle giuste e preoccupanti motivazioni.

Poi sarebbe stato inutile fargli delle domande perché, anche in caso di risposta, sapevo bene che si sarebbe espresso a monosillabi, quelli che derivavano dall'ossessivo arrovellarsi del suo cervello che non trovava una possibile soluzione. La peggiore cosa che mi potesse capitare non era tanto il suo comportamento che potevo anche giustificare, ma il senso di colpa derivato dal fatto che all'origine dei suoi guai ci fossi proprio io.

E in parte, come dicevo poc'anzi, poteva essere vero, perché non avevo lasciato, cristianamente necessario, niente di intentato perché lui si ravvedesse, ma avevo fatto anche in modo che la sua vita, che non doveva restare come prima, si fosse "aggiustata" in modo più graduale, meno traumatico, tanto da dover insospettire i suoi amici di averli traditi per la sua serenità trovata in famiglia, tutto a danno della causa della fazione politica. Ecco, era proprio l'aver voluto a tutti i costi, l'affetto della famiglia, che in una situazione normale era nel suo diritto, ma, data la sua situazione precedente, non andava a genio a chi invece lo avrebbe voluto altrove, a cacciare mio marito nei guai.

Quelli più gravi, e a repentaglio era la sua vita, gli sarebbero stati inflitti al momento opportuno se lui non avesse mostrato in tempo almeno un segno di buona volontà, un ritorno al passato, tanto da tornare sui propri passi, dandone prova fino a brandire la spada, come faceva un tempo, contro i nemici guelfi.

In verità, in minima parte, ogni tanto gli ribolliva l'idea che lui uomo coriaceo, aveva invece subito il fascino e l'adulazione della donna che amava, ma che, in compenso, questo lo aveva riabilitato agli occhi degli altri. Ma era un attimo, perché subito si ricordava che in fondo quell'amore era l'unica cosa che lui desiderava, che ambisse in questo mondo, essendo esso il modo con cui ì loro cuori si erano incontrati, cui avevano promesso e impegnato la vita. Paolo veniva verso me e chiedeva perdona delle pene che io ero costretta a patire per causa sua, mi chiedeva perdono e comprensione dei guai in cui si era cacciato e ancora non riusciva, come aveva sperato in un primo momento, a tirarsene fuori.

Ce ne sarebbe voluto di tempo! Io dal canto mio lo confortavo, rassicurandolo di non si rattristasse per me, perché a me bastava il suo amore, a me bastava che lui avesse messo davanti a tutto noi due, la sua famiglia, a qualunque costo; ma che avesse pensato anche agli altri, realizzando l'amore vero che non contemplava la violenza cui il suo ideale si era ispirato, come "quell'amore divino" ci avesse fatto incontrare e avesse realizzato il desiderio che, partecipe la rosa, ci regalava in anticipo la soluzione inimmaginabile di noi e del nostro futuro.

Così vicini abbiamo sospirato le parole dolci che hanno sfiorato i nostri volti desiderosi di donarsi, ci siamo scambiati il sorriso e il sapore dolcissimo del nostro primo bacio.

Un giorno di maggio faceva molto caldo. Ho aperto le finestre. Fu in quel momento che la vidi, anzi, avvertii la sua presenza dal ronzio. La riconobbi subito era proprio un'ape che già me la aspettavo da qualche giorno. E' entrata in casa, ma mi sono guardata bene di fare qualche movimento che l'avrebbe fatta fuggire, anche se era solo un pensiero possibile, ma sapevo che, qualunque cosa avessi fatto non se ne sarebbe andata. In quel momento preferiva la mia presenza, anzi, era venuta di proposito come se qualcuno ce l'avesse chiamata, all'idea di stare al sole, attraversare l'aria fresca e i fiori per cui era uscita dal muro.

Piena di gioia ha chiamato Chiara che era al piano di sopra. All'improvviso mi venne come un'idea. Mi rividi per un attimo piccina, dentro la culla in campagna, come tante volte mi avevano raccontato, e rividi il nugolo delle api che mi volavano vicine e si posavano sul mio viso e sulle mie labbra. Fu un tutt'uno pensare a quella piccina, che ero io, e scrutare nel vano le tante api che erano entrate. E mi danzavano davanti, quasi a sfiorarmi, una danza armoniosa che racchiudeva un messaggio.

Quando stavano per andarsene ed io già immaginavo che sarei rimasta sola, invece, sentii, proprio in quell'attimo, la vita che si muoveva nel mio grembo.

Cap. 28

Erano passati degli anni e i tempi, si capiva nell'aria, stavano per tornare di nuovo cupi.

Uguccione non aveva mai considerato seriamente l'allontanamento di Paolo, anche perché, tutto sommato, gli voleva bene, ed era stato il suo protetto, perché i meriti che gli erano riconosciuti da tutti, conquistati sul campo, avevano finito per influenzare anche la stima verso di lui e l'affetto. Lo conosceva bene, e lui sapeva come convincerlo a farlo rientrare, al momento giusto, nel gruppo.

Uguccione mandò a dire a Paolo che era finito il periodo della distrazione e che era ora che si ricominciasse a fare sul serio, come una volta. Perché lui si ricordasse bene del giuramento fatto per la causa dei ghibellini, dalla quale nessuno sarebbe potuto uscire se non con la morte. Paolo non rispose, rimase lì interdetto, fermo in silenzio, quasi ascoltando la sua condanna, perché sapeva che quei patti, nonostante tutto, lui non li avrebbe più rispettati, e Uguccione ne era a conoscenza, anche se in cuor suo sperava diversamente, già da quando si incontrarono sulle montagne e Paolo gli comunicò ufficialmente che oramai aveva un altro lavoro.

Non fu una novità, perché si aspettava che alla fine sarebbe successo, ma lui oramai era deciso ad andare fino in fondo, fino a sfidare le ire dei suoi vecchi compagni d'arme. Di Paolo era in discussione tutto; lui che era stato sempre il migliore, il più coraggioso. Non partecipava più alle scorrerie notturne, che erano ricominciate in "grande stile", ma in una tattica nuova, che, importata da poco tempo impegnava la banda in una strategia di lotta contro il potere del papato. Ma l'inganno che era adottato per rendere credibile quella tattica fu, in verità, una scusa per chiamarsene fuori, infatti, ritirò definitivamente il suo consenso, da quando si accorse dei mezzi illeciti che erano praticati. Che cosa succedeva? Quella stessa gente che, per strategia, loro si erano impegnati a difendere dall'arroganza dei burocrati senza scrupoli, il più delle volte arbitri del proprio interesse privato, nemmeno del potere che rappresentavano, ora per strategia terroristica, veniva essa stessa colpita vigliaccamente e danneggiata per poi ritorcere la colpa verso gli avversari politici. Lo scopo delle scorrerie notturne era incentrato sugli incendi alle case, ai raccolti, sulle uccisioni e sui furti di animali da stalla, non considerando che spesso per errore o fatalità, perché qualcuno ardiva ribellarsi, molte vite umane ci andavano di mezzo, quelle aizzate dagli stessi aguzzini. Il motivo strategico? Puro terrorismo. Suscitare nel popolo un malcontento e un'esasperazione tale da farlo insorgere contro il governo del papa, a fianco dei ghibellini"amici", a fianco di coloro che, fidando sulla buona fede, erano i veri responsabili di quei misfatti.

I compagni d'armi erano molto vicini a Paolo, come vicini erano stati prima del matrimonio, ma solo per dissuaderlo da sposare una ragazza che non faceva per lui, che sapeva di preti e d'acqua santa, e che era così lontana da lui, dal suo piacevole e libero rincorrere la vita, avventurosa e appassionata. Non sarebbero mai potuti andare d'accordo; almeno questo è quello che pensavano e speravano i suoi amici.

Proprio per questo, fidando nel suo carattere, credevano che prima poi se ne sarebbe liberato, come si dice, gli sarebbe passata la "sbornia", e che, com'era successo in precedenza, la temporanea delusione gli avrebbe dato invece una nuova energia, nuovi stimoli per credere e combattere, per vincere.

Gli anni erano passati e miglioramenti non se ne vedevano, anzi, più sì andava avanti e più Paolo appariva, era irrecuperabile per la causa della fazione. Oramai lavorava e si comportava come un normale cittadino. Amava la moglie, e amava i due figli: Giangiacomo e Paolo Maria.

Fu allora che adottarono tutti i mezzi possibili di convincimento pur di risolvere quel problema, ciò che Paolo era diventato, a loro favore. E tra i mezzi possibili c'era anche quello estremo di dover ricorrere all'intimidazione e alle minacce, trovando in lei un ideale bersaglio. Anche perché, per loro opportunità, erano convinti che il male peggiore di Paolo fossi proprio io. Ritenevano che Paolo fosse stato da me soggiogato mediante le mie idee "malsane" e che quindi sarebbe stato mio compito fare opera di persuasione, ma soprattutto togliergli di dosso la malia che tanto lo aveva fatto soffrire, che lo aveva tenuto lontano dalla sua vera natura di prode e combattente.

Due ceffi, che non facevano presagire nulla di buono, avanzavano sospettosi, guardinghi, di buon mattino, verso la casa di Paolo Mancini. La primavera era appena arrivata e le giornate già lunghe invitavano a far entrare aria nuova nelle case che erano restate chiuse a lungo durante il rigido inverno.

E come si usava da quelle parti, tutte le imposte restavano aperte, compresa la porta di casa che, di giorno, per tutta l'estate, sarebbe restata sempre aperta. Non era ancora giorno quando qualcuna bussò alla porta.- Chi mai può essere? – Si affacciarono, prima Rita e subito dopo Chiara. Paolo naturalmente non c'era; era andato fuori paese per delle consegne di miele. Si trovarono davanti due ragazzi, spavaldi, vestiti come due bravi ceffi, arroganti e pieni di sé. Senza proferir parola di saluto e rivolti verso Rita dissero che se aveva a cuore il bene di Paolo, non avrebbe più dovuto costringerlo in casa, e costringerlo a stare con la famiglia, solo perché lei sapeva come tenercelo, alludendo maliziosamente ai mezzi con cui, dicevano, irretiva e "ammaliava" il marito. Loro ne avevano piene le tasche dei preti e delle loro idee. Che avesse restituito loro Paolo in "salute", quella vera che Paolo possedeva, prima che lei lo stregasse, che lei lo facesse diventare un rammollito, così diverso da com'era, eroico e inimitabile in quanto a coraggio di cui un tempo orgogliosamente si vantava. Se non avesse fatto quello che per il momento "consigliavano", qualcosa di brutto sarebbe capitato a Paolo, o a qualcuno della famiglia. Lei sapeva a chi si riferivano. E fosse stata accorta perché in caso contrario ci sarebbe stato da temere per la loro vita. Prima di andarsene, dissero di tenere in gran segreto quell'incontro. Nessuno avrebbe dovuto saperlo tanto meno Paolo. Il vicolo per fortuna era deserto a quell'ora; intorno, tutto taceva, ma considerammo che, a differenza di una situazione di una giornata normale, troppe voci abituali si fossero spente e dileguate al passaggio di quei due "bravi ragazzi".
Sicuramente qualcuno faceva finta di non vedere, mentre in realtà spiava dai pertugi delle case, e, stranamente, perfino i

cani stavano ubbidienti alla cuccia, né abbaiavano per strada. In giro non si vedeva anima viva. Ed era pieno giorno.

Ma oramai, al punto in cui eravamo, non si poteva più tornare indietro, non si potevano chiudere gli occhi e far finta di niente, come se niente fosse successo. Che diritti avevano gli altri, chiunque essi fossero, di mettersi davanti a noi, alla nostra vita, alla nostra unione nata proprio per questo, perché avesse una risposta e subito? Io non avrei indietreggiato nemmeno dì un passo; ne fossero stati certi che non mi facevo intimidire dalle loro minacce. Nessuno e nessun motivo mi avrebbero fatto cambiare idea, non per mio orgoglio, ma perché stavamo dalla parte della verità. Anche per questo ero nata, anche per questo paolo aveva incontrato me, mi aveva cercato, mi aveva mandato la rosa, proprio perché la nostra vita, proprio quella e non altre, avesse un senso, e non ci fossimo tirati indietro di fronte alla verità, pur se scomoda, ma preziosa. Per la verità mio padre e mia madre avevano combattuto, non si erano portati dietro nemmeno le lodi, nemmeno la gratitudine, perché avevano sempre anteposto il dovere a ogni tornaconto personale. Così mi avevano insegnato, e così ho fatto quando, al pur prezioso desiderio di farmi suora, ho anteposto l'altro sentimento di cui però sentivo la necessità, e il cuore mi indicava di scegliere; la ragione del cuore e di un dovere mi chiamava nella pienezza di una vocazione sconosciuta e inesplorata, né desiderata fino a quel momento.

Io non mi sono fatta suora forse perché al chiostro ho preterito il mondo? Forse perché il mondo mi ha lusingato con le sue moine, con i suoi richiami cui ci spingono le nostre debolezze? Tu sai bene Chiara, e ciò vale per me quanto per te, che mai ci siamo chinate ai nostri desideri del mondo, se non a quelli che ci hanno chiamato nella certezza, nella sublimazione del volere che dall'alto si chinava benevolo ispiratore sulle nostre povere anime. Non abbiamo mai cercato la nostra tranquillità, il bene immediato, ma abbiamo seguito il richiamo forte che non chiedeva niente per la nostra vita, ma la donava, la rendeva preziosa e certa, la chiudeva nell'afflato divino, la manifestava nel profumo della rosa.-

Cap. 30

Papa Eugenio IV aveva appena proclamato santo, Nicola da Tolentino. Rita si era fatta rileggere per l'ennesima volta la preghiera che egli aveva pronunciato per l'occasione: - Concedi o Dio onnipotente, che la tua Chiesa, resa splendente dalla virtù e dai miracoli di s. Nicola da Tolentino, goda per sua intercessione di unità e di pace duratura. -

Nicola era stato una guida spirituale per tutta la sua vita e ora le teneva compagnia durante il suo prossimo trapasso.

Il paese, alla notizia di Rita morente, fu come paralizzato, attonito, e si stabilì subito un clima di pace in tutto il territorio, una tacita e duratura tregua che non sì sarebbe mai raggiunta nemmeno con l'impegno di un trattato ferreo, con la buona volontà umana di mantenervi fede.

Tutti, credenti e non, erano consapevoli che nel convento di s. Maria Maddalena ci fosse una donna straordinaria, fuori dal comune, che le sue virtù avevano ammirazione, se non stupore, in ogni coscienza, anche la più scettica e refrattaria a credere nel soprannaturale, in fatti accaduti per le sue innegabili virtù, che umanamente non si potevano spiegare. Era innegabile che in mezzo a loro ci fosse una monaca santa. Quella voce aveva varcato i confini ed era giunta lontano, oltre i monti fino al mare, e forse anche oltre l'oceano. In paese, quando parlavano di lei, la chiamavano la madre, o la beata Rita, Ora si seguivano con ansia e apprensione le notizie che arrivavano, in modo scarno e contraddittorio, sulla salute di una concittadina così preziosa e che soprattutto aveva fatto molto del bene. Non si contavano i casi che lei aveva risolto, sia fosse in convento, sia quando, fuori, confortava la gente da vicino, nelle loro case, nelle piazze, in strada.

Chiunque si accostasse, un beneficio lo trovava di sicuro. In convento non c'erano soldi, eppure dalla sua tasca spesso usciva qualche centesimo. In certi momenti in convento c'era scarsità persino del pane, ma Rita ne distribuiva mentre passava. Tutti erano d'accordo nell'affermare che dalla beata Rita si poteva ricevere anche ciò che umanamente sembrava "impossibile".

Mentre la gente viveva queste ore di angoscia, Rita era serena, felice nel suo letto di morte. Proprio qualche giorno prima della sua dipartita, chiamò suor Lucia al suo capezzale.

La tenne informata di un suo progetto. La suora rimase sconcertata solo dal fatto che una persona, data per agonizzante, potesse avere la forza, la costanza di pensare ancora agli altri, come aveva fatto per tutta la sua vita. Rita disse a suor Lucia: -Vedrai, faremo a tutti una bella sorpresa!- Suor Lucia ritornò dalla Beata Rita e le consegnò un involucro di carta, che appena aperta, rivelò la presenza di una polvere tra il marrone e il grigio. Suor Lucia le disse - Ecco madre, questa è la polvere che abbiamo ricavato, come lei l'estate prima ci aveva indicato di fare, dalle foglie essiccate della vite benedetta.- La vite è quella famosa che Rita aveva innaffiato da novizia, venuta su da un tralcio secco, quando fu messa alla prova dalla madre superiora.

Rita disse dal suo letto: -Abbiamo proprio quello che fa per noi, - Suor Lucia continuava a non capire. La beata Rita quando si ricordò di fare dono della polverina a chiunque l'avesse richiesta e bevuta nell'acqua con fede, aveva settantasette anni. E stava per morire. Prese un pizzico di quella polvere e con poco del fiato rimastole, provò a farla disperdere nell'aria. Si videro come tanti infiniti cristalli che rischiararono la stanza di una miriade di colori. Fuori c'era il sole. La gente guardò verso nord, proprio sotto le colline, e vide, senza pioggia caduta di recente, un arcobaleno. Capì che era un segno, e da dove proveniva.

- Tu Chiara eri cori me, mi hai aiutato a far nascere i miei figli, i due gemelli che abbiamo deciso di chiamare il primo nato Giangiacomo, il secondo Paolo Maria. Sei stata con me madre e sorella nello stesso tempo, a vegliare su di loro, attenta e premurosa, spesso angosciata, quando già da grandi pensavi, come me, che il mondo stesse facendo presa su di loro. Poi, luce del cielo, sono arrivati i due tesori, non dico inaspettati, ma data la mia convinzione che mi ribadiva di me, di come fossi nata, dopo tanti anni di matrimonio dei miei genitori, dubitavo seriamente di avere dei figli tanto presto.

Invece eccoli qui, subito, come un miracolo, e hanno invaso, con la loro chiassosa presenza, tutta la casa, che, fino allora, era vissuta dei nostri lunghi silenzi, di preghiera, di colloqui bisbigliali, ma anche delle esternazioni clamorose di Paolo quando dava sfogo alla sua penosa e intrigata situazione. La casa si è giovata del loro pianto di fame, della presenza dei primi silenti sorrisi, di quelli sguaiati e sonori di felicità, di quelli del sonno che chiamavano gli angeli dal cielo. Ci fermavamo a guardarli, a carezzare le loro testoline bionde, gli sguardi ammiccanti ai richiami, e ci interrogavamo, ancora incredule, del miracolo della vita, nel veder crescere con noi i miei figli, un po' anche "tuoi figli", la loro piccola vita che ogni giorno si delineava, prendeva forma nella volontà del Signore che aveva posato, ancora una volta, le Sue sagge mani sulla nostra casa.

Avevo posto la rosa, piantata nel terreno, nel giardinetto davanti casa. Così, seminascosta, nessuno sembrava accorgersi che tutti i giorni dell'anno era fiorita e il suo profumo si spandeva nell'aria e arrivava perfino dentro l'abitato. I miei figli ci passavano davanti, e sembrava che nemmeno ci facessero caso, anzi, che volutamente non volessero accorgersi del fiore, quasi dessero loro un senso di fastidio, un qualcosa da rifiutare.

Sapevano, invece, che ciò cui assistevano non era un fenomeno normale della natura, e proprio per questo, per non essere intralciati nella loro vita da strani fenomeni da cui bisognava stare alla larga, lo vivevano con sospetto, e stavano, com'è solito dire, sulla difensiva. Infatti, appariva loro che quella "presenza" scomoda, e se vogliamo inquietante, o meravigliosa, a seconda da punti di vista, fosse come un presagio cui loro erano legati, che voleva afferrare la loro vita.

Loro, invece, volevano essere totalmente liberi, lasciati in pace di perseguire le proprie idee di libertà, liberi di essere giovani senza freni, quelli cui la madre continuamente li richiamava. Erano esaltati dalla situazione politica, dalle vicende belliche, e sentivano un moto del cuore nell'udire che la guerra sarebbe tornata presto. Fino a quel momento, fortunatamente per loro, non avevano mai vissuto in tempi di guerra, Né sapevano in concreto che cosa fosse. Ma ci speravano, come in un evento che li avesse liberati da un incubo che si portavano dietro già da qualche anno. Incerte erano le storie che si raccontavano in giro sul conto del loro padre. Quello che era stato un tempo, ora che ai loro occhi appariva un'altra persona, diversa da come il mondo l'aveva conosciuta.

A loro, manco a dirlo piaceva quel tipo di uomo e non quello che conoscevano oggi, remissivo, insignificante, uno che non contava niente. Pensavano che la prossima guerra avrebbe riportato il padre all'antico splendore, quello di cui una volta era stato capace, quello che aveva destato e incantato la loro avventurosa fantasia.

Cap. 32

Un giorno passando per la strada, i gemelli udirono delle parole strane, e non era la prima volta, mentre passavano vicino a un gruppo di ragazzi loro amici; parlavano ad alta voce, discutevano animatamente. Erano così concitati che forse non si erano accorti che stavano per arrivare i gemelli e potevano udire i loro commenti. Conoscevano bene quella voce, di uno di loro: - E io vi dico che quell'uomo è uno smidollato e un vigliacco, perché altrimenti oggi non si nasconderebbe tra le api leccandosi le dita di miele, ma starebbe leccando le sue ferite altrove.-

I gemelli passarono dritti, non si voltarono nemmeno.

Allora si decisero. Fu questa la prima vota che affrontarono il loro padre, pregandolo di dir loro tutta la verità della sua vita passata.

Paolo raccontò loro di come si fosse incontrata con la loro madre. Come un impulso di natura sconosciuta gli consigliò di cogliere una rosa. Come guardò e conobbe Rita per la prima volta, e vedendola capì che era proprio a lei che doveva donare la rosa. I gemelli si guardarono infastiditi, come per dire:- ma cosa ci interessa questo; è altro che gli abbiamo chiesto di spiegarci!- Paolo avendo capito la meraviglia dei figli e il loro interrogativo li tranquillizzò:- abbiate pazienza e vi accorgerete che quello che vi sto dicendo c'entra e come con la vostra domanda.- Continuò. Lui fino a quel momento, prima di conoscere Rita, non aveva pensato ad altro, solo a combattere per la causa che non ammetteva distrazioni. I visi dei figli s'illuminarono. Finché avvenne quel fatto misterioso a liberarlo da quella schiavitù, a toglierlo dall'imbroglio in cui il suo entusiasmo giovanile lo aveva cacciato. Lui non aveva mai tradito, non si era tirato indietro per vigliaccheria, o altro, ma semplicemente perché quella rosa che lo aveva portato fino alla madre gli aveva suggerito, ma soprattutto preso la sua vita in modo nuovo e coinvolgente cui avrebbe speso il suo futuro, proprio nel modo come doveva cambiarla, come in realtà era cambiata.

-Ma tu sei stato un eroe, papà?- Gli disse bruscamente Giangiacomo, quasi per fargli capire qual era l'argomento che stava loro a cuore.

-Sono stato proprio quello che vi ho detto. Non rinnego il mio passato. Ho fatto anche bene, con scrupolo il mio lavoro, sono stato anche lodato, premiato, ma non sono sicuramente un eroe. Non vi fate ingannare da certa gente che da misfatti o gesta insane ne riproduce il mito; in quella ghenga non ci sono eroi, ma solo fanatici esaltati. Io preferisco essere ricordato come un buon padre, così, come sono oggi, così come mi vedete.-

I due ragazzi si sentirono, invece, come offesi nel proprio orgoglio e nei propri sentimenti, vedendo e ascoltando il padre così remissivo, che si vergognava del suo glorioso passato, anzi, volendolo del tutto dimenticare, per un modesto e patetico presente, quello che li aveva fatti felicemente sognare, tanto da vantarsene con i compagni. No questo non piaceva loro.

Non volevano né sentire né accettare che quella piatta normalità corrispondesse ai loro desideri, a tanti sogni che avevano fatto; no quella storia non apparteneva loro, non apparteneva al padre, non era la loro aspirazione, ma era pur sempre, anche se ora converita ad altro, l'orgoglio di un passato di cui andavano fieri; e questo nessuno poteva toglierlo, nemmeno la remissività del padre. Non volevano sentire della rosa, che avevano oramai assimilato come una "iattura", quella che aveva cambiato la vita del padre, e ora sembrava stesse per sottomettere anche loro. Ma loro no, non avrebbero mai ceduto a niente, a nessuna pressione. Loro no, non sarebbero cascati dentro la trappola di questa "follia".   Al contrario si alimentavano e volevano sentir ripetere le parole del padre, di quando lui andava fiero e stimato da tutti, si presentava col suo armamento e spronava i suoi con voce di comando. Volevano sentire dalla sua viva voce le sue gesta, la sua amicizia importante con Uguccione, quelle stesse cose che avevano, invece, sentito da altri. Quelle stesse che ora lo mettevano in discussione, ne criticavano la codardia. Dell'eroe che era, ora l'avevano trasformato in vigliacco e traditore. Ma il padre ne fosse stato certo che loro non si sarebbero mai fatto confondere da nessuno, e, nonostante tutto, avrebbero seguito le sue orme, non appena si fosse loro offerta l'opportunità, per dimostrare al mondo che il valore della famiglia c'era sempre, e non appena l'età e la guerra glielo avesse permesso, sarebbero stati pronti.

Questo era il desiderio di entrambi. Quando furono soli, lo giurarono e si strinsero la mano fino a farsi male.

- Perché i miei figli avessero radicato dei sentimenti, dei propositi, così belligeranti, quasi di rivalsa, nessuno lo seppe mai.

Fu come un'insana, irrazionale ribellione a uno stato di "grazia", che, faticosamente, insieme al padre avevamo raggiunto, e che, invece, per assecondare l'idealità e il sentire dei tempi che vivevano, ne avevano subito il fascino giovanile e l'influsso, tanto da assimilarla al loro modo di pensare e, quindi, accumulare quel senso di ribellione.

Col Battesimo avevano riacquistato il beneficio della grazia presso Dio, e ciò era l'unico bene prezioso che contasse veramente per la loto vita, per la fede che vivevamo in famiglia.

Facemmo una piccola festa tra amici. Fu l'unica vera festa che riuscimmo a goderci in santa pace insieme con gli altri, al paese, che non imposero remore, che non ci costrinsero a nasconderci, come ci capitò in passato, da quando incontrai Paolo. Perfino il giorno in cui ci siamo sposati, la nostra dovette essere un'azione furtiva, lesta, lontana da occhi indiscreti, da nemici che si nascondevano da ogni parte.

La nascita dei due figli portò com'era naturale, una gioia indicibile, e tutti in famiglia, ed anche fuori, ne furono contagiati. Non avrei mai immaginato che Paolo, abituato com'era lui fuori di casa, si dimostrasse un padre premuroso, attento anche in modo esagerato. Quasi volesse confermare con la sua presenza, indurre a pensare i propri figli, che la casa era un luogo importante, la famiglia era importante, e che essi, seguendo il suo esempio, si sarebbero giovati di quel clima favorevole, anche se, pure lui da ragazzo, essendo vissuto con quel privilegio, aveva però finito per non abituarsi alle mura domestiche Anzi, non appena poteva se ne allontanava. La vera novità fu che la nascita dei gemelli fu l'occasione per ristabilire antichi contatti che con le vicende che avevano contrastato l'incontro tra me e Paolo, si erano letteralmente persi. Il clima era favorevole, quasi che la nascita dei gemelli fosse foriera di un tempo di pace.

La pace durò per più di quindici lunghi anni, ma anche in questo periodo di apparente calma, il fuoco covava sotto la cenere. Anche la Chiesa era inquieta. L'imperatore Sigismondo d'Ungheria, su indicazione di molti cardinali, pretese da Giovanni XXII la convocazione del concilio. C'erano altri due papi: quello avignonese col nome di Benedetto XIII e papa Gregorio XII che era stato eletto legittimamente a Roma. Tutti avevano in animo lo stesso, nobile intento: di riunire la Chiesa, ma solo perché oramai erano esausti di trascinarsi dietro quelle lotte interminabili e che non giovavano a nessuno. Tutta la Chiesa fu pervasa dalla gioia, di riavere sul soglio di Pietro il legittimo papa. Ma non tutti, fuori da quelle sfere e nel mondo, erano dello stesso avviso, trovando, invece, nella confusione delle idee, un ulteriore incitamento alla lotta e al proliferare di affari loschi, fuori dalla legalità, in nome di questo o di quelli.

-A quei tempi la nostra famiglia ritrovò l'antico splendore, la considerazione, come ai tempi di mia madre e di mio padre. Paolo, non tanto per il suo presente, quanto per il suo passato, godeva, specialmente da parte dei più giovani, di una stima illimitata. Dei tempi passati, invece, altri, i protagonisti sembravano non interessarsi più, almeno così pareva.

Nessuno aveva osato sfidarci più apertamente, minacciarci, come c'era capitato, i primi tempi dopo il matrimonio. E forse proprio per questo la gente, i parenti, ci avevano di nuovo avvicinati, non avendo nulla da temere, e tutto da guadagnare per la ben nota posizione di notabile del sig. Ferdinando Mancini, padre di Paolo. La nascita dei gemelli e i festeggiamenti furono il solo momento propizio, l'opportunità nuova per stringere intorno a noi il sodalizio del paese e di tutti gli amici, che non aspettavano altro. Dicevo a mio marito:- La gente è fatta così, bisogna prenderla per quello che è -. E anche se fossimo solo noi a conoscere e donare il perdono, anche se tutti ci venissero contro, come poi è stato, non dovremo mai prostrarci nello sconforto, e uniformarci al sentire comune, ma sempre e in ogni caso aprire il nostro cuore verso l'altro che non ci sopporta e che è insofferente alla nostra vita.   Giangiacomo e Paolo Maria uscirono da casa, non volevano sentire simili discorsi. Io ne soffrivo e pregavo i Signore che mi avesse restituito i figli come il giorno del battesimo.- Passando davanti, i gemelli sentirono ancora dentro di loro l'avversione per quella rosa, per quello che essa rappresentava, suggeriva al cuore, e che trasmetteva loro un sentimento che non dava pace, per come l'avrebbero desiderata e voluta. Certamente fuori e lontano da quei confini.

Cap. 34

In quei giorni cerano state delle avvisaglie ben precise. Si respirava nell'aria il presagio di quello che sarebbe successo di lì a pochi giorni. La guerra era di nuovo alle porte.

Avvenne che nell'anno Signore 1401 l'animo delle persone paresse come risvegliarsi da un lungo e sospettoso torpore. Rita e Chiara quella notte erano sole. Nemmeno i ragazzi erano ancora tornati a casa. Furono prese da un insolito sgomento, impaurite da quei segnali luminosi, che ben conoscevano, che si rincorrevano in ogni angolo della valle.

Lungo il fiume si sentiva un'eco, come una cantilena, un fruscio sordo e lontano che percorreva i sentieri di quella notte.

Era tutto un fermento. Sembrava di udire, in corrispondenza di quei rumori, delle voci inquietanti. Era come scorgere nell'immaginazione un movimento di gente che spostandosi di qua e di là produceva un suono di ferraglia. Erano i segnali dei preparativi a un imminente scontro.

Incontri di gente nei crocicchi dove erano scambiati gli ordini di schieramento e di tattica, e di quei segnali risuonava come un'eco inquietante e profondo tutto il territorio circostante, tutta la valle, per l'imminente battaglia.

C'erano tanti ragazzi. Pregarono perché Dio li avesse aiutati. Giunsero notizie certe di ciò che stava succedendo.

Ci si ribellava, com'era logico capire, allo Stato Pontificio che aveva il caposaldo nella Rocca alta e protetta da muri di cinta. Di tanto in tanto giungevano anche voci chiare, quelle di qualcuno che voleva infervorare il popolo:- Il governo al popolo.-

I gemelli giunsero a casa, ed era notte fonda Rita. Emise un sospiro di sollievo. Restava fuori ancora Paolo, ma lei sapeva che, per quanto avrebbe potuto fare presto, non poteva ritornare prima che si facesse giorno. Giangiacomo e PaoloMaria espressero tutta fa loro soddisfattone per quello che avevano visto e per l'imminente battaglia.

Speravano addirittura che il loro padre, tornando, si fosse schierato con i suoi vecchi compagni d'arme. Erano certi che lui, per quanto si fosse nascosto fino allora, al momento opportuno, ed era questo, avrebbe rivelato il suo carattere di combattente e soprattutto si fosse ristabilito nel suo ruolo e nel potere del suo comando. Rita soffriva dei sentimenti perversi dei figli. Si sentì rammaricata per non essere riuscita ad attirarli a sé, al desiderio della fede, ma si erano di più uniformati al mondo e alle sue idee che avevano finito, sospinte anche dal loro entusiasmo giovanile, per prevalere sulla moderazione cui erano richiamati costantemente. Aveva vinto lo spirito, lo spirito di ribellione dei giovani che, a volte, è così forte e prorompente, pronto ad accettare chiunque apra loro le braccia a liberi sentimenti, a "alti" ideali, qualunque essi siano, purché riempiano gli slanci e le ambizioni del cuore.

Io ebbi il coraggio di dire loro che il padre sarebbe tornato a casa, ma per stare con loro, per stare insieme in famiglia, per continuare la vita. E della vita del padre loro dovevano essere felici e non della guerra che gliela avrebbe potuto togliere. Era la pace, l'unica possibilità, l'unico e necessario modo di convivenza civile, in cui un paese doveva vivere: la guerra non aveva portato mai niente di buono, se non lutti e distruzione.

Quei discorsi li avevano sentiti per troppe volte, non ne potevano più. Il loro cuore batteva altrove. E Rita non poteva fare niente per i propri figli. I fatti e gli avvenimenti li avrebbero cambiati, ed anche loro, crescendo, sarebbero stati provati in modo così forte e inaspettato che li avrebbe messi di fronte a considerazioni che ora non appartenevano alla loro età, sarebbero cambiati e avrebbe spento il loro ingenuo e sentito slancio di gioventù, sarebbe stato ridimensionato il loro entusiasmo che ora guardava con impazienza e incoscienza alla novità della guerra. Forse un giorno avrebbero capito perfino la rosa, avrebbero capito quanto, a volte, un profumo nascosto di cui si ignora la provenienza, che ci sfugge e non possiamo toccare con mano, ma se ne avverte un desiderio nascosto del cuore, sia più benefico e salutare di tutti i frutti, di qualsiasi frutto o profumo che la terra possa produrre e offrire, alitare dalle sue viscere.

Carissima Chiara, quando riceverai queste righe, io già sarò immobile sul letto aspettando che arrivi ciò che è necessario che arrivi. Non ho bisogno di sentirlo bisbigliato dal medico all'orecchio della madre superiora che sto per andarmene da questo mondo. Non si è pronunciato sulla durata della mia agonia, perché vedendomi, non riesce a capire dove ancora possa trovare le forze per far pulsare il mio cuore.

Il polso è appena percettibile, e sembra che da un momento all'altro debba lasciarmi. Ma lui, conoscendomi, non si fida, perché nonostante tutto, ancora parlo e rispondo a ogni domanda. Sono stata ancora io a suggerire di farti venire al mio capezzale per l'ultima volta. Non ho bisogno di niente in particolare in questo momento, benché sia circondata da mille premure e attenzioni adatte al mio stato. I doni che soddisfacevano i miei desideri, e che ti chiesi qualche tempo fa, me li hai portati personalmente quest'inverno ed erano primizie della terra. Ora che "ho avuto tutto" da questo mondo, mi accingo a riceverne uno molto più importante, unico e definitivo. Un dono prezioso che la terra non potrà mai conoscere, e forse nemmeno desiderare tanto.

Forse Chiara, quando ti arriverà questa mia lettera che ho dettato alla pazienza di suor Lucia, già avrai ricevuto la notizia dagli incaricati della madre superiora e ti starai incamminando da Roccaporena per venirmi a raggiungermi, a darmi l'ultimo saluto terreno.

La stessa strada che hai fatto tante volte, che abbiamo fatto insieme allegramente da ragazze, e di cui conoscevamo la pericolosità dei punti angusti, scavati sulla roccia, proprio sopra il fiume Corno che, così rassicurante nella normalità, mette paura nei giorni di piena che quasi raggiunge e lambisce il piano della strada. Non so come farai a percorrere quel sentiero alla tua età, ma quello che so è che verrai. Il pensiero me l'hanno suggerito ieri le api che volavano con circospezione attorno alla mia stanza. Chissà perché alle api ho subito ricollegato la tua presenza, così immediatamente davanti ai miei occhi, solo che ti ho visto giovane, proprio così com'eri quando mi portasti la rosa. Allora c'eravamo tutti, eravamo tutti insieme. La vita, che gridava alla gioia, sembrava infinita davanti al futuro che avevamo davanti a noi, finché non si è abbattuta su di noi come una catastrofe, e da allora i tempi nella mente si sono accorciati, e ora mi accorgo come tutto sia passato e passi velocemente, in fretta, vuoi anche per il mio desiderio di essere al più presto definitivamente nell'altra, vicino a Gesù, vicino ai miei cari. Una cosa è certa, che non rivedrò più quei luoghi, ma in me rimane un desiderio impossibile, di poter visitare i luoghi dove riposano le spoglie mortali dei miei cari. Allora, cara cugina, fallo tu per me. Quando ci passerai davanti per venire da me, ricordati di fermarti un attimo per un'ultima preghiera.

Quando sto per pensare alle parole che tu avresti dovuto pronunciare per conto mio, ecco che ho sentito nel profondo della mia anima come uno slancio, un desiderio che mi ha fatto uscire da lì con la mia persona. Si Chiara, questa notte, benché fossi moribonda, immobile sul mio letto nel monastero, sono certa di essere stata anche a Roccaporena, vicino ai miei cari per un ultimo abbraccio su questa terra. Ci sono andata con la mia anima e il mio corpo leggero. Non era un sogno, era tutto straordinariamente vero. Tu sai che non era la prima volta che "prendevo il volo", che ero rapita per viaggi impossibili. Eppure è accaduto, proprio qui, su questa terra. Mi capitò di viaggiare col mio corpo, altro da me e pure io stessa, la prima volta quando sola pregavo, affranta dalla mia disfatta terrena, sullo Scoglio. Solo allora, come già ti ho riferito, sono stata presa e portata dentro le mura del chiostro, dove mi trovai, senza più muovermi. In quel momento pregavo, affranta, quasi umanamente scoraggiata, non avendo più nel mondo alcun punto di riferimento. Però non volevo che tu Chiara ti lasciassi coinvolgere più di tanto dalla mia tragedia, dalla mia disavventura che comportava anche il rischio della vita, anche per chi, come te, mi stava vicino e condividevano il mio operato. Ma il Signore non poteva essersi dimenticato di me, e non ignorava la mia tragedia, il mio sconforto, dal quale già mi stava sollevando con la "Sua mano potente". Che cosa avrebbe fatto per me? Tutto quello che ha fatto, è stato fatto in tutta la mia vita, sino a oggi. Io sono stata da allora come una docile argilla plasmata dalle "Sue sapienti mani".

Cap. 36

Il capo della rivolta del 1401, naturalmente era Uguccione. Di buon mattino stava adunando la ciurma ai margini del fiume in località "Lo Schioppo". Nella notte il fiume era cresciuto a dismisura, a tal punto che non si trovava un guado per attraversarlo. Si cercò in vari punti, ma ogni ricerca fu vana.

Tanto che il comandante dei rivoltosi, spazientito soprattutto dall'imprevista e anche rara evenienza, guardò il fiume gonfio d'acqua limacciosa e intimidatoria e maledì le forze avverse della natura. Interpretò quell'incresciosa circostanza come un cattivo presagio che si poneva come ostacolo alla sua impresa. Infatti, pensò dentro di sé che si cominciava male e s'indispettiva ancora di più nel considerare la beffa della portata del fiume. Nella maggior parte dell'anno era quasi poco più che un ruscello, e in alcuni punti si poteva attraversare persino camminando sul ciottolato.

Uguccione si sfogò e sputò veleno contro i preti e tutti gli accoliti che gli mettevano, come di solito, il bastone tra le ruote. Ora persino con la complicità dell'acqua caduta dal cielo, senza colpo ferire, quelli potevano fermare un esercito. Che ci fosse veramente qualche divinità che si schierava dalla parte dei preti? Lui, nonostante tutto, era un credente e credeva in un Dio che faceva giustizia.

Non era bastato che gli avessero portato via Paolo, il suo migliore amico, il fidato, il più generoso in battaglia. E il suo pensiero per un attimo si soffermò, nostalgico, proprio su di lui, nonostante i problemi che al momento urgevano altrove.

Voltandosi, ebbe quasi la recondita speranza di trovarlo al suo fianco, come in passato abitualmente faceva, uno scambio di buon augurio per l'azione imminente. Un dispiacere forte gli attraversò il cuore. Sapeva che in quella veste non lo avrebbe visto più, mai più al suo fianco. Alcuni dei suoi lo stavano già cercando e non sarebbe scampato alla condanna inevitabile dei traditori. Gli voleva bene come un fratello, ma non poteva esimersi dall'applicare la regola che il comando e la loro "dura legge" gli imponeva.

Sceso da cavallo, si mosse nell'acqua torpida, che dopo pochi passi lo coprì sino alla cintola. E dal momento che c'era, acqua sporca o no, ci s'immerse completamente, come per fare il bagno, ché era molto tempo che non faceva più. Al suo comando scesero tutti in acqua, euforici e impazienti di sventolare la loro bandiera sul merlo più alto della rocca.

Paolo attraversò il Tevere e lo ripassò, terminati i suoi affari, dopo tre giorni. Ne erano passati cinque dacché era partito da casa, e contava, se tutto fosse andato liscio, di ritornarci in meno di cinque.

Durante la sua assenza si fecero più concreti i venti di guerra, e la truppa di Uguccione tenne consiglio. Uguccione tentò di salvare Paolo, ma non vi riuscì. Non poteva esporsi più di tanto, dal momento che si era deciso che fosse arrivato il momento di fare giustizia sia dei nemici sia dei traditori. Paolo non sapeva, anche se lo sospettava, che le sue mosse erano spiate, e i suoi compagni di un tempo, oramai persa ogni speranza di riaverlo con loro, stavano tramando contro di lui, e aspettavano solo che fosse tornato dal suo viaggio per sferrare il colpo mortale.

Viaggiò verso nord, salendo e scendendo le montagne dell'Appennino, finché arrivò sul colle di Civita, da dove si scopre tutta la vallata del Corno. Fece cenno al suo compagno di viaggio di fermarsi. Indicò i fuochi chi si levavano un po' ovunque come tante lingue minacciose e funeste. Lungo la strada aveva poco prima incontrato qualcuno che passava frettoloso e sospettoso, guardingo. Non avevano risposto nemmeno al saluto. Il vento portò un odore acre e forte di fumo.

Qualche casolare vicino stava bruciando. In quei paraggi lo Stato pontificio era più vicino e qualcuno non aveva perso tempo a concludere folli vendette personali che attendevano da anni solo un momento opportuno per essere perpetrate. E questo sicuramente lo era. Era il preludio di ciò che sarebbe successo di lì a poco. Si sentivano i legni secchi che bruciavano e dietro il primo colle, dalla grande bocca di una casa, fuoriuscivano lapilli che il vento trasportava per la campagna come tanti trofei di un'infausta vittoria.

Paolo e il suo compagno attraversarono per necessità di percorso, e per una buona dose di prudenza, prima di arrivare a destinazione, il settore esterno del capoluogo di quella valle, proprio dove le sue ultime case lambiscono il fiume. Era deserto. Quella apparente quiete ricordò a Paolo quei benedetti quindici anni passati in santa pace.

Eppure improvvisamente, come se il momento fosse sempre scatenato dallo stesso demone, si erano ripetute le stesse scene, le stesse emozioni di sgomento, che lui combattente conosceva molto bene Avrebbe preferito non assistervi più, non udire più quelle voci inquietanti e assurde, quei lamenti che si perdevano nella notte e precedevano, segnali forti e inequivocabili, i fatti di guerra. Rivide davanti a sé tutte le sue brutture, i suoi obbrobri, i corpi straziati nel sangue, e lo scenario apocalittico di ogni fine battaglia.

Paolo fece cenno al suo amico di fermarsi. Aveva sentito un rumore strano al limitar del bosco. Non si sbagliava.

Qualcuno li stava seguendo.

Cap. 38

A casa di Rita si vivevano ore di ansia e di paura.

Ancora non aveva notizie di Paolo. Non solo perché in altre occasioni, facendo lo stesso viaggio, sarebbe stato già a casa, ma soprattutto perché già si cominciava a pensare al peggio. C'era stato il maltempo è vero, ma c'era anche qualche dubbio che a prolungare la sua assenza potevano essere intervenuti anche altri motivi ben più gravi, che già più di una voce nel recente passato avevano evocato. A rendere l'atmosfera ancora più desolante, era il silenzio e la lontananza di amici e parenti che d'un tratto sembravano essersi dileguati, spariti com'era successo già prima degli ultimi quindici anni di pace.

Nessuno sapeva niente, nessuno voleva interessarsi al caso, e confortare Rita almeno chiedendo notizie del marito. Per fortuna, a toglierla da quell'angoscia di morte, arrivò in piena notte, bagnato e irriconoscibile, l'amico che aveva accompagnato Paolo nel viaggio. Paolo stava bene. Sarebbe arrivato a casa dopo aver sistemato le provviste, perché il carro non poteva passare attraverso il fiume ingrossato. In realtà era una scusa, perché a lui in quel momento della mercanzia non importava un bel niente. La verità era che Paolo voleva sottrarre il suo amico, che non c'entrava niente, dalle piste degli spioni che non si sa bene quali intenzioni avessero. Così a un certo punto si erano divisi. Questi diretto verso Roccaporena a portare notizie, mentre Paolo avrebbe fatto un giro più lungo per depistare gli inseguitori, salendo verso Collegiacone. Rita emise un sospiro di sollievo. I gemelli non vollero sentire ragioni e decisero che sarebbero andati incontro al padre. Non poté fare altro che lasciarli andare. Oramai erano uomini.

Siamo rimaste sole, tu ed io Chiara, nella tensione di quella notte che sapevamo non promettere niente di buono. Ci confortavamo a vicenda, già sapendo, chissà come, che erano parole inutili e che qualcosa d'irreparabile stesse per succedere.

Tu Chiara mi suggerivi cosa avrei dovuto dire a Paolo una volta che fosse ritornato a casa. Gli avrei dovuto suggerire di starsene nascosto per un po' di tempo finché le acque non sì fossero calmate. Le dissi che non era una buona idea perché sapevo che un simile invito Paolo non lo avrebbe mai accettato.

Lo conoscevo troppo bene. Ecco, gli avrei consigliato di essere pruderne, quello sì. Anche se era in egual misura inutile.

Lui era un generoso e non si sarebbe mai tirato indietro davanti a niente e a nessuno. Avrebbe affrontato la situazione, come al suo solito, quando c'era da mostrare il suo coraggio e più che altro, la sua lealtà. Sapevo che i suoi vecchi compagni avevano giurato di fargliela pagare, e sapevo pure che quella fosse gente che non scherzava, e che avrebbe attuato contro di lui un progetto perverso. Ho avuto nell'animo come un presentimento, e ho sentito d'un tratto come una lama conficcarsi nel petto. Ho gridato forte. Tu Chiara mi hai soccorso e, vedendomi, hai capito dal mio stato quello che stava succedendo. Mi sono affacciata alla finestra. C'era la luna che si rifletteva sulla rosa nuova sbocciata nel vaso.

Io sono andata subito là con lo sguardo, come se già lo sapessi, come se il profumo m'indicasse la direzione, il luogo.

Ho visto mio marito esanime a terra che mi chiedeva aiuto.

Cap. 39

Paolo saliva sulla collina in mezzo al bosco. C'era la luna. Si fermò a guardare per un attimo il disastro che si profilava davanti ai suoi occhi, e si amareggiò perché quella crudeltà gli aveva fatto perdere inutilmente giorni della sua vita. Ma ora era inutile recriminare, e affrettò il passo, pensando a quanto avrebbe dovuto fare una volta arrivato a casa. Poi, all'improvviso, uscito quasi dal nulla, si presentò davanti a lui un ragazzino, che gli fece cenno di seguirlo. Si nascosero. Tirò fuori di tasca un messaggio che appena si riusciva a leggere e che diceva:- Non venire a Roccaporena, torna indietro, altrimenti farai la fine che ha già fatto il tuo amico di viaggio, punito perché era in tua compagnia.- Quando rialzò lo sguardo, il ragazzo non c'era più. Paolo affrettò ancora di più il passo, presto sarebbe arrivato alla torre di Collegiacone. Non sarebbe tornato indietro, ma sarebbe andato sempre e comunque avanti. Se doveva morire, se così era stato deciso, nessuno lo avrebbe risparmiato. Tanto valeva mostrare di affrontare con dignità e a viso aperto la condanna, tanto meno aveva il timore di subirla. Con quei pensieri e propositi arrivò alla torre di Collegiacone.

Tutta la guarnigione era in subbuglio e si preparava a un eventuale attacco della roccaforte. Paolo conosceva bene le manovre che precedevano la guerra e disse fra sé e sé:- Ci siamo.- Si alzò da cavallo per farsi riconoscere dalla sentinella.

Fu fatto passare dalla guardia di turno che gli augurò, come si usava a quei tempi, di andare in pace. Salutò gli uomini di quel fortilizio. Erano armati fino ai denti. Da dentro le mura si udivano i lamenti delle donne che temevano per i propri uomini. Udì il pianto accorato dei bambini. Mentre si allontanava una voce dietro gli gridò:- Stai molto attento per la strada, non ti fidare, altrimenti farai la fine del tuo stalliere che hanno trovato appeso a un albero-. Paolo si fermò un attimo, rimase come paralizzato da quelle parole. Non era possibile che avessero commesso questo delitto nei confronti di un uomo innocente che non aveva nessuna colpa, se non quella di essere stato in sua compagnia. Continuò, andò avanti, ma lo faceva senza guardare la strada, era immerso nel pensiero profondo della sua anima ferita, né si accorgeva della notte che pian piano lo stava inghiottendo. Udiva ancora nelle orecchie un ronzio fastidioso, una voce ossessiva. Era quella di Uguccione che aveva udito l'ultima volta:- Se continui così, non la passerai liscia, dovrai pagare con la vita il tuo tradimento.- Lui dentro di sé gli rispondeva, come gli aveva risposto l'ultima volta:- Non mi fai paura.- E intanto piangeva non perché era certo che quella punizione sarebbe puntualmente arrivata, ma per il suo mulattiere che avevano proditoriamente giustiziato, per causa sua, solo perché non aveva rifiutato, come avrebbero voluto, la sua compagnia. O forse c'era stato uno scambio di persona con la complicità della notte? Paolo andò ancora avanti, sempre avanti senza fermarsi, quasi non avesse più una meta, vagava distrattamente lasciandosi condurre dal suo fido cavallo. Gli sembrò come quando similmente lo portò, senza che lui ne guidasse la direzione, verso il roseto, fermandosi davanti, da cui egli colse una rosa. Ma in quel momento sentiva il rimorso dentro di sé, non tanto per essersi stupidamente cacciato in quell'assurda e infelice situazione, quanto per quel poveretto che per colpa sua avevano appeso a un ramo d'albero. Solo perché aveva portato insieme con lui un carro d'innocenti barattoli di miele, ed era tornato felice al suo paese, felice di essersi avventurato in quel piacevole viaggio. Il cavallo aveva preso a correre, forse destato da qualche rumore sospetto, correva, secondo la sua intenzione, verso casa. Chissà quanto sarebbe stata in pensiero Rita che non lo vedeva rientrare! Correva ora velocissimo incontro a lei, ai suoi figli, ma facendolo si accorgeva quanto in realtà fossero ancora lontani, troppo lontani. Fu proprio in quell'attimo che Paolo sentì crollargli il mondo addosso. Era come un macigno che gli pigiava sul corpo. Era stato sbalzato da cavallo, ma non si rendeva conto come fosse successo. Due uomini usciti improvvisamente dalla notte gli furono addosso e lo colpirono col pugnale ripetutamente al petto e alla schiena. Sparirono in un attimo. Erano ben coperti dai mantelli e non li riconobbe. Paolo riuscì appena a vedere la sua camicia imbrattata di sangue e poi più niente, e mentre il buio della fine lo inghiottiva, invocava ripetutamente il nome di Rita.

-Arrivai in tempo, prima che spirasse. Gli feci una domanda. Mi rispose di si con il capo, e mentre gli si spegneva il sorriso dalle labbra, e il pallore inghiottiva la sua vita, lo reclinò dolcemente sul mio grembo.-

Cap. 40

-A distanza di anni ho ancora davanti ai miei occhi la figura esanime di mio marito straziato dalle ferite. Il capo era riverso sulla proda. Il viso appena si scopriva dal panno frettoloso che qualche anima pia gli aveva messo addosso.

Qualcuno era accorso al suo grido d'aiuto e aveva prestato le cure. Sicuramente, data fa vicinanza, le grida erano state raccolte dalla Torre di Collegiacone, e quell'anima pietosa avrà avuto anche il tempo di guardare in faccia gli assalitori che fuggivano. Io sono sicura Chiara che mio marito è andato volontario incontro alla morte. So che se lui avesse voluto, avrebbe avuto mille modi per sfuggire all'atto proditorio che si aspettava di subire, e di cui era stato più volte minacciato.

Hanno infierito sul suo povero corpo, sulla sua anima che si era imposta di non rispondere alla forza e, quindi, vigliaccamente umiliarlo proprio nella "virtù" di cui una volta era capace, anzi il migliore, poiché aveva deciso che proprio la vera virtù non risiedesse nelle armi, ma nell'amore, quello che per mio tramite aveva conosciuto. Un'infinità di colpi l'ha straziato, proprio per lasciare in quell'azione il sigillo della vendetta.

Prima di avvicinarmi al luogo che mi era stato indicato, ho pregato tutti quelli che mi accompagnavano, compresi i miei figli, di lasciarmi per qualche minuto da sola con lui. C'era in quel momento un grave silenzio che mi seguì in quel breve tragitto. Era strano. Era come se d'un tratto tutto intorno si fosse fermato a contemplare un uomo ferito a morte. Io pregavo, avevo il cuore trafitto e mi approssimavo a concludere quella che un tempo era una scena che spesso mi si parava davanti agli occhi, e avevo temuto che accadesse. Ora si stava compiendo puntualmente, come in un'inevitabile fatalità, o come una liberazione che era iniziata nel giorno che ci siamo incontrati e lui mi portò una rosa.

Ora era là e portava con sé, e lo capii dai suo ultimi sguardi, la felicità della nostra breve ma intensa unione d'amore; la felicità di noi che non volle sapere, non volle conoscere il nome degli uccisori e non volle nemmeno nominare. Allora mi sono fatta coraggio e con il suo aiuto, le forze residue, gli ho tolto la camicia intrisa di sangue. Intorno l'acqua scorreva provvidenziale a terra in mille rivoli. Ho lavato il suo viso, ho lavato le ferite sul petto. Come ci passava quell'acqua benedetta il sangue si fermava, non sgorgava più, sembrava che le ferite lavate si chiudessero e ne restava soltanto il segno netto della lama. Avevo portato una camicia nuova, quella bianca che lui indossava il giorno del nostro matrimonio.

Così vestito, cosi "sanato", era bello il mio Paolo, era luminoso il suo viso, orgoglioso di aver sacrificato la vita per la verità in cui credeva, così diversa da quella di un tempo. Era fiero di sé, era fiero dei suoi figli, era fiero che io fossi la sua sposa, ed era fiero che la sua vita fosse finita proprio così, morendo questa volta veramente da eroe, da vero eroe.

Ora che eroe era proprio sicuro di non essere, al contrario di quando da giovane spendeva la sua vita proprio per conquistare il mondo, per far conoscere il suo nome glorioso. I gemelli videro il loro padre tra le mie braccia. Sembrava accennare ancora a un lieve sorriso, quasi stesse dormendo.

Avvertirono tutti quell'espressione serena, la similitudine con un fiore che era sbocciato nei sussurri della notte ed emanava un respiro che inebriava gli animi del suo intenso profumo.

Cap. 41

Oggi è il 21 maggio. Le api sono tornate alla finestra. Le suore hanno cercato dì scacciarle ripetutamente, ma ogni volta sono ritornate, e sembra che non se ne vogliano proprio andare. Ho detto a suor Lucia: -Sono venute a farmi compagnia nelle mie ultime ore-. Suor Lucia non rispose, quasi non avesse sentito, distratta altrove, le mie parole. E forse non le udì, perché in realtà la parola era solo il mio desiderio e la volontà di volermi esprimere, ma che non riuscii pronunziare. Ho visto la madre superiora che si è chinata su di me per un ultimo bacio, poi se n'è andata. Ho visto altre persone venire al mio capezzale, ma soprattutto ho desiderato vedere te Chiara e mi son detta:- Com'è invecchiata poverina!- Ci siamo guardate.

Io avrei voluto parlarti e parlarti, dirti ancora le ultime cose, ma non ci sono mai le ultime cose, c'è sempre qualcosa che ricomincia.

Ma la mia bocca era legata e così ci ha pensato lei a togliermi d'impaccio, a confermarmi che oramai non c'era più niente da dire. Tu piangevi e ti sei chinata a baciarmi. Fu in quel momento che ti feci il segno con il dito e t'indicai verso l'alto. Tu hai capito subito quello che ti volessi dire. Poi, come se la mia voce venisse non da dentro di me, ma chissà da dove, sono finalmente riuscita a pronunciare una sola parola:- La rosa.- Tu mi hai fatto di si con il capo e hai guardato verso la finestra. Gli altri se ne erano andati, e tu Chiara ti sei fermata a vegliarmi per tutta la notte. Avevi capito che io ti dicevo di restare con me, di farmi compagnia, come quando eravamo bambine. Tu Chiara mi guardavi, e mi parve allora come durante le notti destate, quando, guardando le stelle, ci sedevamo sul prato davanti casa, una accanto all'altra, così ci passava la paura del buio.

Ho visto venire da lontano un uomo a cavallo, si avvicinava sempre di più finché fu vicino a noi. Dicevo che veniva verso me. Lo riconobbi. Era il giovane Paolo e portava una rosa in mano. Me la porse e raccontò quanto tempo fosse stato ad aspettarmi, fino a quando si era deciso a cogliere la rosa e me l'aveva portata. Mi disse di quando timore avesse prima, e ora era felice di stare vicino a me. Mi si avvicinò sempre più, mi sorrise, e prendendomi la mano mi disse:- Voglio stare con te per sempre. Io gli risposi:- Per sempre.

Quando pronunciai quelle parole, stranamente lui non c'era più, invece c'eravamo noi due Chiara ed eravamo in cima allo Scoglio. La notte era luminosa. Avevamo camminato prima di arrivare in cima e pregato, come facevamo sempre, a ogni stazione cui avevamo inciso il numero sugli alberi. Ogni stazione, ogni mistero verso il Calvario, sembrava in quel momento svelare i misteri stessi della vita. Qualcuno mi diceva e si domandava, perché a trentacinque anni fossi rimasta sola, e perché, oltre alla tragica fine di mio marito si sia aggiunta la morte dei miei figli, stroncati dalla peste che aveva decimato l'intero paese. E' normale che le forze umane, per quanto salde, da sole non possano trovare una risposta adeguata né dal fisico che salvaguarda la salute, né dalla ragione del cuore che ne uscirebbe totalmente sconfortata. Eppure quella mia voce interiore mi ha suggerito che una persona anche così provata, che dentro di sé non riuscirebbe più a trovare motivi per vivere, deve trovare la forza per reagire, abbia il coraggio di pensare al futuro e, soprattutto, abbia il coraggio di perdonare i nemici che hanno procurato tanto male. Quando lo dicevo, allora, qualcuno pensava che fossi fuori di me, che fossi un'esaltata che non accettava le "vere" regole della vita. Ma io non mi sono fermata davanti a niente. Più le monache di s. Maria Maddalena mi rifiutavano, più io mi prodigavo e m'impegnavo a convincerle della mia qualità interiore, e della mia buona fede. A convincerle che i fatti che conoscevano e che mi avevano coinvolto non mi appartenevano, ma voluti dal Signore per la salvezza delle anime. Mi ripetevano che era lodevole la mia azione, quella di conciliare gli animi, quella di dissuadere i parenti di Paolo dai loro propositi di odio e di vendetta, cercando di far rispettare quella che era stata anche l'ultima volontà di Paolo, di lavorare per la pace a qualunque costo; tutto questo non bastava, dal momento che gli avvenimenti precedenti e delittuosi erano ancora "freschi" nella mente e nel giudizio della gente.

Quando ero stanca di combattere, salivo a ritemprarmi sul monte. Quella notte, in un momento intenso di preghiera, vidi tre figure luminose venire verso me. Ebbi paura. Ma, appena vicini, mi accorsi che erano tre frati. Non credevo ai miei occhi:- San Nicola, - dissi- san Giovanni Battista, s. Agostino!- Si, ero stata così devota ai miei santi protettori, ma non avrei mai immaginato che un giorno mi sarei beata di una compagnia così preziosa, così impossibile davanti agli occhi del mondo. Mentre ero così felice, ebbra di gioia immensa, sentii all'improvviso il mio corpo librarsi nell'aria, e loro sostenevano il mio viaggio, così che in un attimo mi ritrovai dentro le mura del chiostro.

La madre superiora che mi domandava come fossi entrata.

Guardò fissa negli occhi la madre portinaia in tono di rimprovero. Allora io, senza preferire parola, le consegnai una lettera. Non sapevo chi me l'avesse data, né che cosa ci fosse scritto. La aperse meravigliata: - Il Signore è il mio Pastore, il mio amato, il mio sposo. Se sono entrata nelle mura del silenzio, è perché Lui lo vuole, perché vuole che io, la sua serva Rita, sia inginocchiata proprio qui davanti a Lui, al suo crocefisso.

Perché così nessuno più potrà farmi del male, perché ho perdonato chi non mi vedrà, chi non mi udrà più nel mondo, mentre io sarò altrove, solo tra le braccia del mio Salvatore Gesù. Voglio rimanere così perché voglio guardare il mio sposo adesso. Voglio guardarlo come non ho potuto fare prima, quando non era solo per me. Ora, invece, il mio sposo è solo per me.

La notte mi è cara perché nessuno si avvicinerà. Ho tutta la notte per vedere il mio Signore, come prima non lo avevo mai visto, per contemplare il suo volto, per asciugare le sue ferite, per adorarlo per il resto della mia vita. Non avvicinatevi vi prego, non disturbate il mio incontro, prima che si faccia giorno, quando le campane suoneranno a distesa, faranno festa con noi. (A giorno le campane suonarono a festa, ma nessuno aveva messo mano alle corde.) Nella notte non potrò aprire gli occhi, ma potrò ugualmente vedere il Suo volto, voglio curare le sue piaghe, alleviare le pene del mio Signore. Cosa ti hanno fatto mio Signore? Come hanno potuto così metterti a morte? Ma ora io sono qui, non me ne andrò più ed io, mio Signore, sarò la tua sposa per sempre..-

La madre superiora rimase allibita nel guardare quel foglio, poi, come fosse una reliquia, se la pose nel petto e andò verso Rita. Le chiese perdono per aver dubitato di lei, per non aver ascoltato la voce del cuore che diceva di prenderla in convento, anziché quella della regola che, invece, la escludeva. La superiora fu attratta da qualcosa che si muoveva dalla parte più nascosta del chiostro. Una luce si spostò e illuminò la parte bassa della vite che lì era piantata. Indicava nel suo alone come un sarmento della stessa vite, potato poco prima, ma oramai secco. La madre superiora fu ispirata da un improvviso pensiero: un'illuminazione. Si diresse in quel punto e prese quel sarmento. Lo consegnò a Rita perché lo avesse piantato in terra, e annaffiato costantemente ogni giorno. Poi andarono tutte insieme nella cappella per ringraziare il Signore di tutti quei doni che, indegnamente, aveva concesso loro tutti in una notte. Non era ancora il mattutino e già stava nascendo una vite da un tralcio secco.

Cap. 42

Cascia li 22 Maggio

- Tu Chiara sei sempre qui vicino a me. Credi, vedendomi in questo stato di quasi incoscienza, tanto che faccio fatica a riconoscerti, a udire la tua voce, ma ti sbagli, e si sbagliano le monache. Vedo e sento tutto. Anzi proprio oggi avrai una sorpresa. Prima di andartene riceverai ancora la mia ultima lettera e capirai che tratta di fatti accaduti anche di recente, proprio oggi, e completa le vicende dei miei quaranta anni di convento. Prima che tu te ne vada, guardandomi un'ultima volta, sentiremo ancora insieme il profumo della rosa. Vedrai. Come sai ho annaffiato tutti i giorni lo zeppo di vite, finché un giorno si videro spuntare, dalla secchezza "impossibile" a rigenerarsi, i primi germogli dai tralci, e poi i frutti, ogni anno. Da quando sono qui io, ma sicuramente non per opera mia, il convento vive e sente palpitare nei luoghi come un'aura speciale, un fervore mistico che ispirano la vite, e la presenza delle api che pure, misteriosamente, sono venute a scavare la dimora nel muro, quello sulla scalinata del chiostro. Forse chissà, sono le stesse api che incontrai da bambina e mi hanno seguito sin qui. Uno dei segni che hanno costellato la mia vita, quelli che per una misteriosa volontà l'hanno indirizzata, ha suggerito al mio animo di volersi uniformare a quei preziosi consigli. Allora abbiamo parlalo anche delle api sul greto del fiume. Quando dicevamo che la nostra vita avrebbe dovuto scorrere sempre così, sarebbe dovuto somigliare agli zampilli, ai mille rivoli che scendevano dalla montagna e davano forza e vigore alle acque chiare e sincere del fiume. Restavamo così immobili per lungo tempo a specchiarci nell'acqua, dove non c'era solo la nostra immagine, ma ci si sovrapponeva il sogno di ciò che sarebbe stata la nostra vita. Si Chiara, la mia ora è giunta.

Ho sentito una voce nel cuore. Dentro di me succede sempre prima. Prima che le cose accadano. Come il giorno del venerdì santo, quando fra Giacomo della Marca predicò così bene, e profuse il sentimento delle sue parole in me che non me ne potetti più distaccare. Rimasi così profondamente colpita che non ebbi altro desiderio che essere anch'io partecipe di quei dolori, delle sue piaghe. Volevo corrergli incontro, volevo stargli vicino, volevo che Lui, il mio Signore, il mio sposo, mi avesse fatto il suo dono di nozze. Una sua spina mi donò il Signore. Una spina mi colpì proprio sulla fronte, e proprio Lui, il Signore, venne a toccarla amorevolmente con la sua "mano preziosa". Cos'altro potevo desiderare di più? Cos'altro mi mancava per essere a Lui gradita su questa terra? Tenni nascosto il mio tesoro, così benefico alla ma anima, com'era altrettanto fastidioso per gli altri che mi stavano vicini. Suor Lucia dovette sopportarlo per anni, più di chiunque altro. Ma ora che il mio viaggio terreno volge al termine, ed io incontrerò definitivamente il mio sposo, non avrò più bisogno di benefici che m'indichino quello terreno. Egli mi sta preparando a quell'incontro, e sento che mi sta alleggerendo, spogliando, da ogni residuo che ancora mi lega alla terra. La mia ferita da qualche tempo si è chiusa, non sanguina più. Solo un'altra volta assistei alla sua guarigione. Papa Eugenia IV lottava per mantenere l'unità della Chiesa e indisse, per quell'intenzione, un anno santo straordinario.

La madre superiora mi diceva che non sarei dovuta andare in quelle condizioni. Poi si convinse davanti al prodigio della ferita che improvvisamente si era rimarginata. Quando ritornai in convento, si riaprì nuovamente, ed è stata sanguinante fino al giorno in cui il Signore mi disse che sarei dovuta andare.

Ora cara Chiara, le forze mi stanno mancando. Intorno adesso non vedo, non sento più niente. Sta svanendo pian piano anche il profumo della rosa. Quando girerai lo sguardo sopra il davanzale, vedrai solo il vaso, ma non la rosa.

Nell'attimo in cui l'hai guardata io ho visto una luce chiara, una luce che si avvicinava sempre più verso di me. L'ho visto. Ho visto il mio sposo che mi faceva cenno di alzarmi e di seguirlo nella mia nuova casa. Mi sono alzata, e meravigliata di essere così leggera che, al solo pensiero di farlo, sono volata lassù solo con le ali del desiderio, con il conforto di quella luce che mi attirava sempre più verso di sé. E mentre me ne andavo, ho visto tanta gente, un mare di gente che alzava festosamente mille e mille mazzi di rose. Le campane suonavano a festa. La gente stringeva le rose e sentiva un profumo, ma ancora non sapeva che il profumo fosse d'altro, non preveniva da quelle rose, ma da una rosa che non germoglia su questa terra.

I FIORETTI

I° FIORETTO - COME A RITA, GIA' NEI PRIMI ANNI DI VITA, SI RIVELARONO SEGNI PRODIGIOSI.

Quando la gente si vestia di saio,
copriano i veli le rinate donne per
bocca del poeta più gentile.
Nel secolo che le anime straziava
d'armi corrusche, di guerriero vanto
il fratello sicuro del disprezzo
dell'altra vita, dell'amore santo
seguia la guerra oppure la vendetta.
Avide corti, a ripetuti intrighi
cedeano il fianco, cedeano alla moneta,
venuta cara anco nella chiesa
che si vendette di lassù le cose.
Ma dallo sdegno di cotanto oltraggio,
dalle infide gesta, dallo sballo,
si mosse il fiato, uno sparuto canto
e così forte, tanto risonante
che nessuno potè restarne privo,
e chi vissuto all'animo silente
ruppe gli indugi, si chinò alla voce.
Corse lontano delle grazie il segno
immantinente, pel divino appiglio,
per il volere già santificato
di chi ha già pria le volute cose,
 non per il mondo schivo, disattento,
per la stortura di sua stessa mano,
ma per santa virtù riconfermata
dei pochi esercitati alla risposta,
e nell'attesa per altrui, negletto,
d'ogni e qualunque rapido desio
d'essere fatto libero, salvato.
Eppur senza richiesta,intendimento
di chi si nutre dell'umana speme,
un angelo si mosse tra i viventi.

Tra aspre rocce, a sconsolati arbusti
che chiudono i declivi della valle,
spesso ai muri scavati alla natura
il fiume vi concorre alla frescura.
Dove il rivolo il dente vi lambisce
e dritto giganteggia verso il cielo,
s' apre concisa conca del paese,
piccolo borgo d'anime contate.
Roccaporena sa quanto dell'altro,
l'altro ne sa più ancora del vicino.
Non ebbe pria nessun intendimento
d'essere fatta salva alla stortura,
ma che in egual l'idea si rivelasse
quello che diverrà per fede e l'opra.
Quando il mondo non più ripara i guai,
quando la vita dell'umana specie
non si ripete viva in seno all'altro
e sperare non giova che al rimpianto
d'aver amato, d'aver amato tanto,
ecco che il dono più significato
giunge inatteso, ormai dimenticato
sol pel conforto, pe' l'Altrui volere
che non conosce età, non segna il tempo.
Si trassero le mani nelle sfere
senza ritocchi, né ripensamenti
senza la ripetuta ispirazione
di rinnovare ogn'ora quei retaggi.
Avea così la stessa caratura
all'animo, alla naturale scienza
qual altri fatti sì quale creatura
che a sé richiama l'essere, le cose
come Dio vole, come le rimette.
E piacque già d'allora dare un segno,
metterlo a mente della gente tutta
e 'l popolo cantasse ad alta voce
perché lo ricordasse ognuno al figlio,
quel dì che Amata, madre, la condusse

nella campagna, piccolina in fasce,
Rita beata, della Provvidenza.
Per puro caso, per la circostanza
di confermare le dovute attese
di conversione, del presto domani,
quando Cascia si calerà nel vanto
d'essere storia, viva alla leggenda,
un villico di quei del vicinato
pe' mal usato arnese di travaglio,
un braccio suo si fere e s'addolora.
Ma "il caso" volle, accorso alla sventura,
essergli grato, essergli portento
nella sua folle corsa, nel riparo
di bende fresche e di medicamento
a cui volgeasi l'ansia e la speranza
d'esser sanato, d'essere soccorso.
Ma nel dolore s'aprì l'occhio spento,
s'aprì il cuore nell'altrui sventura
e per l'ispirazione, alla creatura
spese le sue risorse, spese il sangue
sopra le api ormai rifocillate
dal nettare succhiato alla boccuccia.
E mentre s'agitava nel nemico,
fatto sicura d'amicizia tanta,
fu meraviglia quel sorriso santo,
imperturbato, né riconvertito
alle razzie del fastidioso intruso,
anzi, pareva che per quell'afflato
fosse nel sonno più riconciliata.
Quell'aria lo rapì tanto l'avvolse
nel mistero, e nella rimembranza
d'esser capace di spiegare il fatto,
ché non s'avvide che l'altrui virtude
l'avea salvato, e quando lui lo fece
vide le fere in cima alla ferita,
ma già sanata, senza più quel segno.
Or avvenne che 'n seno a quei prodigi

vi fosse poi riscontro nelle mura
del sacro chiostro, della clausura,
per secoli reposte e generate
alle virtù destate solo a maggio,
e fino ad oggi ricontinuate
dal dì che Rita santa vi ristette
e l'anima rese perdonata a Dio.
Non c'è supposto oppure aggiustamento
ch'alcuno possa accedere alla grazia
prima che le virtù santificate
abbiano reso nel sicuro vanto,
ma Rita al privilegio v'ebbe accesso
sol perché prima fosse ricordato
quel che sarà, quello che sarà dato.

II° FIORETTO - COME RITA DECISE DI SPOSARSI, PER SEGUIRE LA SUA GIUSTA MISSIONE.

Cresceva Rita come figlioletta
che nel paese si nutria le cose
e non faceva sconti al suo desio
p'esser compagna ad altre, essere un dì
presso l'altare trepida di bianco.
Eppur la mente che discerne il bene
che lo ricorda e che lo tiene a mente
ella seguì, nel cuore la fatica
perché ogni grazia non fosse dispersa
e nel segreto la repose intatta.
Così s'apria nel petto l'altra idea
che s'era radicata per l'effetto
di quei ricordi, le premure sante,
e a Dio dovesse, a Dio quella costanza
d'esser chiamata, d'essere pretesa
nella beltà delle secrete mura.
Nel richiamo ai giochi, ammiccamenti
delle amicizie, mai considerate
dall'occhio vigil, rapido ed attento,
 s'avea nel cuore tutto quel portento
che la teneva a Lui ratto legata
in quell'amore che bramava tanto,
pria che d'altro si facesse schiva,
prima che si legasse nel sospetto
d'esser nel mondo più considerata,
non per "virtù", ma per i suo rimpianti.
Anzi, fuggia da quel vano rumore
che si volgeva al mondo, alla misura
di chiedere poi il conto dell'impresa,
di farla franca a chi riconsolato
tanta più forza può,tanta più ne mette
p'essere il primo dell'umana speme.
Ella si rinsaldava nell'afflato

nella celeste pace e nella quiete,
sempre più forte, sempre più rapita,
tra impervie vie e faticato calle,
quando ormai certa della casa e sazia
nulla più aveva, remore o timori
d'esser nel suo, d'essere pagata.
Tosto silente in cima della rupe,
moveva il fiato ratto dalla mente
gettando poi le sguardo penetrante
all'orizzonte, già disseminato
di scelte in core, del volere santo,
dal giorno che scoprì, che si fé pronta
alla risorsa d'essere compagna
ai soli genitori ed alle cure.
Così ferita, ma più mai convinta
che l'altra meta a lei si confaceva,
lasciò quel sogno alla fanciulla mesta
pei dissipati veli, già dimessi
e fatta donna alla premura tanta
d'esserGli simigliante nel patire
gioia ne trasse dal desio negato,
dalla riconsolata rimembranza
di ciò che fu, di ciò che non è stato.
Di ciò che un giorno desolata disse,
quando il ricambio non tenea nel core
quando i vecchi pensieri ancora ingrati
faceansi scudo dell'età novella.
Tal quei che tutto nella fede pone,
ma che tale a proposito ricada
nei fatti certi, nella circostanza
desiderata, e fuori altro ne sia,
così Rita se n'avea nel petto
per il rimpianto del malcapitato.
E avea pregato ancora per difetto,
nell'errore scoperto già dimane:
-Io che volea a Te dar di me tutto
io che volea a Te dare il mio amore,

nulla spartito con te umane voglie
ora me sento dell'ardore persa
ché la persona è spoglia del gran dono
che solo Tu riserbi e lo trattieni.
Perché hai voluto sì, cotanto oltraggio?
Se pure in serbo mi tenei i "destini'
altri, fatti diversi alle mie brame
e il mondo che sognai fosse precluso
a questa indegna misera creatura,
almeno tu potei me fare sola
e sperar grato ognora più mi fosse.
Cosa mi resta di tanto desio?
Cosa del parer mio, della promessa
che io per me non mi sarei tenuta
nemmeno l'ombra stessa della vita?-
Nelle Tue mani il mio volere posi
e all' Onniscienza già manifestata
volsi lo sguardo mio riconciliato
col perdono di non aver capito,
prima d'allora, prima del "misfatto".
Paolo venne col destriero bianco
fatto sicuro dalla notte quieta,
perché i fedeli s'erano raccolti
tutti, dove le consacrate mura
avean licenza della circostanza
per ricordare e consolare il sangue
di Gesù uomo, eppur l'unico Figlio
a Dio, Dio stesso Lui dalla Parola,
che generò l'Amore pure Dio
Quei che riprese l'alma dalla croce.
Ristette il fiero in fondo alla navata
altero pria, ma poi riconciliato,
quando si scosse dentro, si fe' privo
d'ogni ragione, pur d'ogni incombenza
che il core fino a lì l'avea portato.
Raccolta alla preghiera, giovinetta
stava nel banco insieme alle "sorelle"

tal che lui trasse tosto la virtude
e si sentì nell'animo fiaccato
Paolo superbo, Paolo sì sicuro.
Cadde in ginocchio, cadde anco il sipario
per il rumore e pe' l'occhio attento
della gente, passò la meraviglia
che per tal fatto, in la paterna chiesa
simile figlio avesse ritrovato.
Ella guardò un istante, quanto basta
perché riconoscesse quel "figuro",
perché lo rivedesse nel futuro
della sua vita, della sua speranza
della certezza già magnificata.

IIIº FIORETTO - COME RITA ATTUO' IL PIANO PAZIENTE DELLA CONVERSIONE DEL MARITO ALLA CAUSA DI DIO, QUANDO QUESTI ERA FORTEMENTE IMPLICATO NELLA POLITICA.

Siamo creati tutti per la specie
santa, eletti per nome chiamati,
ma solo quei che più di Lui si vanta
Egli lo trae e più di Sé lo rende.
Altri, fatti distratti alla natura
lascia menare nel terreno corso,
a men che fatto non cambi desio.
E Rita, ch'era sicura al palpito
di Dio, tanto che a Lui ve la trattenne,
ebbe nel core subito il congiunto
che nel pensare della gente il bene,
povera in canna, povera d'amore,
egli stesso finì nella condanna
di sé, quando capì l'inganno certo
la stortura, d'esser rimasto al palo,
pe' un passo fatto avanti e due all'indietro.
Rita oculata ne racchiuse il punto,
fece riconvertita la cagione
a sé, pe' lo suo sposo, pe'l'amore
e tosto ritornar fece lo sguardo
di chi s'era coperto dello sdegno,
s'era poi fatto solo, sconsolato
per il peccato che portava a fianco.
Quando sì pone nell'umano impegno
forza e coraggio, per trovar la cosa,
ma più s'affanna e più se n'allontana,
onde le mille ed altre cerca e vane
finché il petto le sostiene e vuole,
simile Paolo, sconsolato e assorto,
avea capito ormai dell'avventura.
Ma non sapeva per, da quale incanto
avesse inizio, come generato

fosse il desio che lo spingeva tanto
e dove il lume, e dove la pazienza
di valutare i fatti, quanto accade,
pe' ricomporre l'alma a giusto segno.
Pensava forse dalla compagnia
venuta meno, dall'attesa vana,
ghibellina l'idea rivisitata,
tradita alla promessa, vana ai cori,
fosse giunto sin lì sino a rottura
della morsa, e della sudditanza
ch'ora gli stava stretta, gli gridava
la libertà d'un tempo, la riscossa.
Disse a Manfredo, capo della banda
che non sarebbe sceso nella notte
ad appiccare i fuochi, scorribande
sopra le case ignare dei fratelli
che, per volere d'essere salvati
dalle "tasse", e pur dalle gabelle,
da quella mano sporca galeotta,
avessero girato quell'affronto
contro i nemici, contro i guelfi avversi.
Certo fu là che s' incrinò l'intesa,
ma già s'era annodato nella mente
prima d'allora, prima dell'impatto
ché il core dentro casa gli mordeva,
quando che Rita glielo ricordava
della famiglia, della sua promessa,
del giorno che al Signore si compiacque
rendergli conto, formularGli il voto.
Solo perché dicevi: - T'ho incontrato?-
Né io, né tu al cor lo stabilimmo,
ma piacque l'idea, piacque la ragione
di noi, anche di noi che lo vogliamo,
di noi che siamo fidi nel divino.
Questo credei che t'era tardo allora
che spesso mi toglievi alla parola
nel rimbrotto, nella tua incostanza,

di farmi poi tremare nel ritorno
della tua voce rapida, spietata,
del tono di minacce, d'impazienza.
Ma io ti seguitavo, non mai doma
delle querele, delle rimostranze,
dei silenzi, delle sospensioni
che tu mi riprovavi per dispetto,
ma ti faceva pronto alle mie cure,
quando sbollito l'animo, l'ardore,
ti ritornavi più riconciliato
sempre più degno, sempre più lodato,
per l'animo sereno, per l'affetto
ch'era più forte, un tempo del partito.
Anche disse che non saria tornato
più per la via, più nella lordura
ch'avea patito ieri come vanto,
ma per l'animo ormai riconciliato
solo nel bene se ne avesse e tanto.
Palesai l'affronto, il tradimento
e la paura mi salì nel petto,
ché dal giubilo, sia dall'esultanza
ponevo, ingrate, avverse circostanze
e che laggiù in seno al parlamento
già si tramava, già si complottava
per lo sgarbo, per il netto rifiuto
d'essere ancora in corsa, nel rispetto
d'un giuramento fatto, del capestro.
Che fosse stata lei quella cagione?
Che per il bene suo, per la ragione
d'essere tolto dall'umano crollo,
non fosse poi venuta la sventura,
pe' un bene fatto, e l'altro trattenuto?
Fors'era meglio il male, la prigione
così del mondo, e della sua impostura?
Non ebbi dubbi per l'ispirazione
perché per ogni grazia a Dio piaciuta
vale tanto di più, tanto è sicura.

Vale la strada certa, più beata
che fece Rita, fece pe' la pace,
ed acquistò allo stesso di due volte:
per il suo amore, e per l'Amore santo.

IV° FIORETTO - COME RITA AFFIDO' A DIO LA SUA MATERNITÀ', LA SUA MISSIONE DI DONNA NELLA PIENEZZA

L'amore più grande che la terra vanta
d'una parola ne riceve il canto,
subito richiamata alla sostanza
di chi dà luce al mondo, chi lo tiene
di ciò che dà, di ciò che lei non chiede
pe'esser la sola, l'unica, la mamma.
Certa l'idea non discriminata
ognuna è l'opra che pei figli attende
come il core che giammai si cambia
né per l'affetto, né per negligenza
del figlio, schivo alle trepide cure.
La devozione stabile vi accampa,
pure l'ardore non si cambia e stenta
quando uomo il bambino è diventato
anche se l'uomo a lei bambino resta.
Rita devota, Rita, nel volere
allo sposo rimanergli accanto,
ristette salda nella sua promessa,
fecesi anima sola per la vita di
di lor che sono, pur se sono stati,
di quei ch'anco per loro ci saranno.
Si fe' madonna all'angelo nunziante
si fece serva d'umiltà l'ancella
per divino volere, comandato,
perché venisse qui ridisegnato
quel che sa Dio, quel che rimanda
l'uomo incosciente, l'uomo necessario
per le virtù donate al primo impatto
poi revocate per le sgarbo primo
pel tradimento tosto conclamato
dal genitore schivo alle promesse.
Onde allo scopo ne seguì il portento

che si dettò per liberarlo al segno,
per rifarlo così sano e salvato
come all'alba del giorno, come quando
disse di stare quieto nel frutteto
e lo vestì di nudo, senza inganno,
senza la necessaria conoscenza
del male, della tentata vanità
che per seguirla, venne poi cacciato
venne tenuto al bando, nello smacco
d'esser ripreso, d'essere salvato
per la Bontà, ma per volerla pure.
E anco dell'amore era quel figlio
di Paolo caro, del terreno piglio
era l'ardore, il desiderio, il canto
d'una casa, e d'un risveglio antico,
era manifestata ricorrenza
di chi era degno, pure ricordato
anche alla società che lo raccoglie
come l'emblema d'essere fidato.
Era l'orgoglio faticato, il vanto
d'una madre ch'avrebbe fatto tanto,
ch'avrebbe dato ogn'ora della vita
sua, pel bene alla salute certa
pei figli sani, di beltà sicura
e la saggezza agli altri risaputa
anco se pria legava al desiato
conto, non il terreno fidamento
dell'umana speme, ma nel confronto
all'anima, ispirata al mutamento
di quel tanto che ciascuno mette,
tanto più l'alma a Dio si ricompone.
Pose subito a Lui la figliolanza
sotto l'usbergo dell'Onnipotenza
Rita devota, coraggiosa Rita,
quando non c'era dubbio né sospetto
e sospirava al turbolento seno,
mentre lo ripensava nell'affetto.

Ancora non s'era il demone rivolto
contro l'amore santo, contro il gesto
d'essergli tolta prima la creatura,
non era ancora colto dal rispetto
fatto più attento all'opportuno caso,
d'una famiglia rara nel paese
che non cedeva, salda alle lusinghe
d'essere forte, prima alle contese.
Si palesò l'inganno alle pretese
e con lo sguardo aperto, allucinato,
vide perdere il pelo alla sua mano.
Rita chiamò per nome Paoletto,
chiamò per nome insieme Giacomino
e tutte e due, lei disse: - Sono Tuoi.-
Sono dell'avveduta Provvidenza
che volle farli vita alla mia vita
donarli sì all'amore, grati al core,
a quel vagito, caro alla promessa
di non scordare quel gradito giorno.
E la famiglia meritò il sigillo
d'esser del mondo ed essere di Dio
in un tempo solo, ma tanto bastò
per suggerir l'idea definitiva,
che dentro casa, accanto al focolare
non era tolto oppure rinviato
l'amore santo, la pienezza vera.
E proprio là la porta spalancata
mise la casa Rita, la dispose
pronta al fratello pe' l'altrui bisogna.
Stette ai perigli, prima alla pietade
stette alla vigilata turbolenza
col fianco esposto, ma sicura al tempo,
che nulla alla bontà sarebbe tolto,
e pure il male vi sarebbe sfianco
nella lotta, negli sviliti assalti
che nel rimando tempera e assicura
l'animo attento, l'animo sicuro.

E nel sapore caro dell'"ascesa
fu più vicino, più sperimentato
corso d'affanni, genio della vita
che non cede, che giammai s'arrende,
anco se segna il passo, e poi rivince.
Che lotta e spera, che ci si trattiene
p'essere degno, p'essere pagato
delle virtù" del mondo, per la sfida
d'essergli tolto, poi levato alfine,
sempre di più rimesso, poi affrancato
da questa terra, ma per starci pure
come Dio vole, come a Lui si deve.

V FIORETTO - COME VENNE MESSO A MORTE PAOLO, E COME RITA PERDONO' GLI UCCISORI DEL MARITO

Eppure non sfuggì quel mutamento,
ch'avea prodotto Rita e la sua fede,
al prossimo che gli era un giorno a fianco
e quanti da lontano nel comando
teneano Paolo stretto alle vicende.
E il tradimento sentenziò il consiglio con
la condanna pronunciata al caso:
morte senza pietà, morte sicura
per lama di colui che nel coraggio
vogliasi misurar, voglia l'offesa
cancellare col sangue dell'abiuro.
Egli l'avea vissuta nella mente
già la sua morte, già saputa al core,
e chi l'avea sferrata, e qual mano,
come nel sonno più rivisitato.
Si ricordava il giorno del tormento
che lo faceva vero nel lamento
d'un uomo già finito, quasi spento,
soffocato alla voce del perdono
d'una folla crudele che incalzava,
l'ultimo colpo, quello sì fatale.
E mentre allo sforzo non potea fuggire
quasi fatto più saldo alla natura
che lo spingeva alla materna terra,
ruppe alfine la voce nel silenzio.
- Oh vita, vita mia vissuta un tempo
nell'obbrobrio e nella sudditanza
d'un bene che non c'era, solo al core
era gradito, ma non a ragione.
Ora io pago della mia stortura,
ma all'atto estremo non mi sia conforto
se non la Tua pietà, là Tua speranza.

Eppure nel pensare mi ricordo,
messa da parte l'insana paura,
che la mia vita alfin non fu men degna,
che le passioni d'altre circostanze,
fatte superbe al giovanile ardore,
ebbero poi la quiete nella casa
che tutto perdonò, tutto m'avvolse.
Chi può gridar vendetta per mia spada
se io l'ebbi più salda alla mia mano
e mi sfidavo l'alma e il sangue mio?
Sempre più invano, il passo fatto stolto,
preso nel laccio della sua sventura
finché non giunse il fiato dei figuri,
col brando avvicinato, in cima ai petto.
- Cosa v'ho fatto? Ch'io non vi conosco-
chiesi,-cosa vi spinge al mio cospetto,
s'io non ho il fratello condannato
per la vita, l'idea o la vendetta?
Ma chiedere pietà so che non vale
né vale la domanda del perdono
e seppure io quel perdono chiedo,
ma solo a Lui che solo il bene rende.-
Era una folla immane, tanta gente
che si giungeva d'ogni parte al sito,
e ognuno dice falso alla parola,
ognuno parla, ognuno si scagiona
d'essere al tempo giudice e poi boia.
Nessuno sente, nessuno più s'accora
per una voce ormai fatta silente
da quel rumore che l'avrebbe spenta.
Tutta in un centro s'aggrappò la gente
e l'un a l'altro appresso a lui s'avvinse.
e là al pertugio dell'umana ressa
usci una voce sola più sonora:
-Sono l'umano giudice e condanno,
son la catena che alle voci manda
simile a tutti, pur che sia calunnia.

Un' altra voce venne all'altro guato
e l'anime di pria quasi d'incanto
smesse alla ria natura, al mutamento,
ebbero approccio in egual misura
quanto dell'altro l'ebbero in passato.
Si posero in ginocchio intorno e larghe
le genti tutte, pe' l'Altrui volere
e a mezzo di colei, del piacimento,
ch'ebbe potere a ciò per Suo comando
-Ancora tu mi sei negli occhi tardi
Rita, che per lenir le pene torni?
O solo perché l'immagine m'inganna
di te, e a me fingendo ripropone
sol la figura, l''ombra del desio?
La mano io tendo al dir - rispose –
che calda abbia a sentir d'umana carne.
Simile a quello che cerca d'attorno
famelico la preda, tasta a caso,
quando il chiarore cede, viene sera,
simile strinse al petto quel contatto
e sciolse quel suo cuor scolpito e duro
al pianto d'un fanciullo per la pena.
-Rita mia cara, parlami tu ancora
dimmi parole pel conforto estremo
e il grande passo non mi sia spavento
per il terrore che mi avvolge e punge
nel baratro di buio senza fine.
Vedi come son qui meschino e domo
e alcuna forza in cui fidai fa usbergo
al dolore che strema e dentro punge?
Quando c erano cibi nel mio ostello
venivate al convito con i doni,
perché più prendevate per il cambio,
or che non resta nulla all'alma mia,
nulla chiedete, ma nulla mi ridate
dacché avevate in seno la promessa
del mondo che non ha, che non mantiene.

E se la fine avanza e più mi spoglia
dell'esser mio, della mia natura,
ché non ridate quel sentito ardore
onde io possa già cader nel fondo
senza rimpianti, né ripensamenti?
Ma nell'assalto, fatto son deluso
per il desio, per la negligenza
d'esser chiamato pe'l'altrui tormento
nell'ambito dei giorni ormai passati,
quando per l'altro, e non per mio volere
fui ripagato a sire, nel mio vanto.
Ora io so che solo tu mi resti
oh donna, che solo in te ho io scampo,
come dicesti e come sono giunto
fuori di me, e della già sventura.-
-Non io son qui per me - lei gli rispose,
ma sol per quei che tutto il mondo move
e ne dispone a Suo piacere e manda.
Sono ragione a'1 tuo parlar negletto
sono la ritrovata conoscenza
di ciò che sei, non di ciò ch'è stato,
di ciò che tu ricordi all'altre voci.
E tu che uomo novo ti facesti,
nulla ti si raccorda pel passato
se non per la viltà di quei sicuri
che il demone conduce fino in fondo.
Ora placati a me, stanne contento,
volgiti gli occhi al celo, al sommo raggio
ove la luce più diretta cade,
seguita a me, ripeti le parole
contro la massa forte, immantinente:
Io vi perdono, vi rimetto il sangue
che il mio l'avete per la terra sparso
e nulla a questo porterò nel core
se non l'amore primo al desiderio.
E poi v'aggiunse ch'era necessario
ch'altri l'avesse nominato al fatto,

che nessun peso fosse riservato,
fosse sospeso pe' l'altrui coscienze.
Ebbero aperto il riso, ebbero il fiato
di dire si, manifestarlo al volto,
quando per lei la grazia v'era giunta.
Mentre nel coro, fatto poi nel canto,
sì levò intorno un'aria tutta santa,
l'anima Rita vi chiamò per nome
e la introdusse in seno a quella luce
che mai si spegne, mai ci si sfigura.

VI° FIORETTO - COME RITA CHIESE A DIO   LA PUREZZA DEI FIGLI E LA LIBERAZIONE DA OGNI PECCATO, ANCHE A COSTO DELLA VITA

Non eran venuti i figli nell'intesa
di starsene più calmi alla pietade,
ma mossi dallo spirto di vendetta,
anco pe'altrui voler rinfocolati.
Erano boni figli a Dio fidati,
santi nella pietà dell'altra sfera,
ma subito rapiti alla cultura
d'un mondo che non cede, non perdona
e vi trattiene a mente la scrittura
del tanto per un occhio e per un dente.
L'avea notato Rita nello sguardo
per le risposte scarne, risentite
all'occasione d'ogni o più parola,
d'ogni gesto per la circostanza
che ritornava il genitore a mente
e più la rabbia si facea negli occhi
quanto l'inerzia si stringea d'attorno
e non mostrava segni, la riscossa,
di ripagare l'animo svilito,
anzi ci si mostrava per lasciarla
presti, per non scoprir ratto la piaga
che ripiegava storta l'avventura.
‑Oh figli miei, figli ad un padre onesto
che perdonò, che si fe' uomo a Dio,
che non ristette caro nel desio
del core, della sua mera licenza,
onde il futuro agli altri vi proprose
e suggerì l'idea definitiva
ch'è meglio donar sempre, dare amore,
che spendere la vita nel ricordo,
prendere agli altri quanto t'han levato.
Non è, credete, un atto di coraggio

né una viltà, nemmeno una stortura,
non delusione al mondo e alle sue brame,
ma sol rispetto alla divina legge
che fece della croce il più bel vanto.
Abbiate almeno fede per riflesso
del genitore vostro, che piegato,
un tempo, tenea al giovane talento
tutto il dimane, tutto il suo volere
e non poneva nel dovuto conto
ch'altro non fosse, ch'altro non doveva.
Finché non giunse della prova il giorno
quando si ritrovò non più nel conto
dell'idea, e della sua speranza,
ma nella insospettata circostanza
d'essere visto a Dio, d'essere accorto.
Venne in la chiesa il giorno del Passaggio
per me vedere, senza alcun sospetto
ché io non era d'altro fatta certa,
se non d'essere a Lui la compagnia
d'esser fedele, vergine perfetta.
Ma non a noi la vera scelta spetta
E mentre Paolo fugò la compagnia
della sua banda, ormai nella censura
per l'accortezza di quell'impostura
io vi fui ispirata per difetto
d'esser chiamata nella clausura;
caddero i sogni, cadde anche il mio velo
quando mio padre disse: - Andiamo ai campi.-
Vidi la prima volta gli anni miei
vidi la sua vecchiezza, nella pena
servata dentro, senza mai parola,
mentre mia madre pur nella sua casa
delle sue mura era già straniera.
Ma quei tenuti sordi, fatti forti,
solo dalla risposta delle brame,
seguiano sconsolati quei lamenti
che non teneano nel dovuto conto

il viril stampo, pure il lineamento
che non concede all''uomo ritrovato
quanto a una donna d'animo gentile.
Fatta più accorta Rita nel sospetto
già ne pativa quel dolore in serbo,
per divino volere illuminata
quel che palese le rendea gli affetti
e vi scorgea i fatti e già il domani.
Stavano i due fanciulli nella prova
D'armi e di frecce ai limitar del bosco,
furtivo, l'andamento circospetto,
per non scoprirsi ad altri sulla strada
onde al momento più opportuno colto
l'arco si fosse tra le mani teso
per la voluta direzione, 'l petto
preso dal dardo di liberazione.
Senza speranza, senza più ritorno
della virtù che in terra porta Dio,
così ferma pregasti, così tanto
per la salute, per il bene santo:
– Oh Dio, oh mio Signore Onnipotente,
tu che mi desti un giorno le creature
perché le avessi custodite al fianco
della mia vita, delle mie promesse
e sono tuoi, sono fino ad ora
senza la macchia, e l'animo lo conti,
ma poi che fatti strani alla natura
di loro, e il merito distorto
di forza e di ragione o di possanza,
che v'era prima e rara la sostanza
or sono privi per quella cagione
dell'arma che li toglie dall'impaccio,
e ripiegati pe'l'altrui misfatto
al merito dell'altro ed al valore
che solo in terra merita rispetto.
Io sono qui, altri non ho argomenti
per ritornarli nel divino albore

altro non ho e non ho più scienza
 di ricondurli al vero, al dritto segno.
Allora io chiedo a Te, chiedo al Divino
che v'abbia tutto avvolgere alle mani
le cose sante pur dall'uomo storte
e risanare ratto la natura
ch'era pei fatti già contaminata.
Fa' che le mie creature siano care
solo alla Maestà che l'ha volute,
siano parati d'ogni e qual peccato
che li portasse fora dalla via,
che solo Tu disegni e tieni a mente.
Nei figli miei non vi sia sventura
che se avesser nell'animo una colpa
abbia la Tua pietà, abbiane cura,
abbiali solo nella Tua clemenza
nelle Tue mani, nell'immenso Amore.
Vennero svelti gli angeli a cantare,
vennero a dire che c'era il riscatto,
che c'era Dio con lei, c'erano i santi,
fatti presenti tutti alla missione,
pe' ritornarli nel supremo ardore
e falli certi nell'eterno canto.

VII° FIORETTO - COME RJTA, DOPO ESSERSI GENEROSAMENTE IMPEGNATA PER LA PACIFICAZIONE DELLE FAMIGLIE IN LOTTA, PRODIGIOSAMENTE ENTRO' IN MONASTERO, ACCOMPAGNATA DAI SUOI SANTI PROTETTORI.

Non s'era poi quietata la vicenda
delle famiglie accorse nell'intrigo
della catena d'odio e di rivalsa,
ch'erano sorte da rivelazione
del nome di colui, per quale mano
Paolo tradito ci trovò la morte.
Ma ognuno si teneva la ragione
pe'essere fatto parte dell'offesa,
e pronto si attendeva nell'impresa,
certo nell'arme e giusto alla vendetta
di ripagar nel sangue del nemico,
quanto del suo l'avea più tribolato.
Era tutto un subbuglio, una disdetta
che non potea regnare nel paese,
ché di fratelli e di parenti avversi
veniano prima, e dopo pur nemici.
Allora Rita che n'avea più parte,
scesa dal monte che l'avea sorella,
forte nel cuore e ritemprata intanto
per il conforto del celeste sposo,
posesi al mondo donna di rispetto
come al ricordo dell'altrui mandato
dei genitori cimentati al caso.
E tanto s'ispirò, tanto rifece,
non solo alla preghiera comandata,
quanto nell'avveduta padronanza
delle parole nate per indotto,
dell'ispirata tale circostanza
di far capire i torti ai contendenti,
che se grave l'offesa c'era stata

fu lei che la patì, lei la sorprese
e degli affetti tutti la disfece.
Quale e di più, quale che possa uguale
del dolor suo, similmente avere,
che può vantar la croce oppur la pena
che l'abbia fatti privi della vita,
ch'era la vita più della sua vita?
Allora questi di dura cervice
ebbero un lampo, ebbero misura
dei tanti guai così rivisitati
con nuova luce su quell'impostura,
che se una donna tanto era capace
di perdonare tutto per la pace
non per viltà, nemmeno per paura,
che nulla avea per sé da perorare
nulla del suo, niente per la specie,
quanto più un uomo per la sua natura
che del coraggio ci facea l'emblema,
come potea restar nell'incertezza
della non scelta, della sua figura
al mondo che poi giudica e assicura
ogni imprudenza e pur ogni stortura?
Anco se al cor non c'era tanto amore
di perdonare all'altro, dire ho torto
dire al fratello: - Chi di noi ha sbagliato?-
Pur nell'intesa di segreti accordi
c'era l'abbraccio forte, l'abbandono
d'ogni rivalità, d'ogni pretesa.
Suonarono campane della chiesa,
suonò la tromba, tremarono le voci
delle genti venute nell'assise
per ricordare impresso il giuramento,
fatto dai capi e per testamento
di tutti quanti, pe' l'altrui coscienza.
Oramai così d'ogni virtude piena,
pura e purificata, al mondo sgiunta
pronta era fatta ai sacri signamenti

che sol la fanno a Dio sacrata e sposa.
E come ispirata vera per la via,
non ritornò dietro la sacra rota
dov'ebbe rifiuto e pure negamento
d'essere accolta, d'essere spogliata.
Ebbe conforto, ancora più sicuro,
non per volere suo, per il portento
d'essere forte, d'essere acclamata,
ma per stupir quell'uomo negligente
che tiene a mente e giudica dai fatti,
solo del mondo, niente nel divino.
E fu rapita proprio lì la giunse
ove pregava di maggiore fiata
e ne sentia di Lui più la presenza
quando svanita la materia all'alma
e la rendea corpo leggero in terra.
Di sì sembiante e nell'atteggiamento,
nella radura più leggera all'aria
onde del peso non avea misura,
tre santi nel sembiante si svelaro
e la introdusser nel celeste grembo
che la fuggì dal sito in altro canto,
ratto portata nelle chiuse mura,
tal che ad un tempo ch'era sopra il monte
si ritrovò trasfigurato il sito.
Come colui che nel fisso pensare
più non s'avverte del reale assetto
ma altro figurare gli si appone
onde in altrove l'essere si muta
simil la donna col corpo distratto
si ritrovò divinamente in coro.
Richiamo a festa vi intonò la torre
mosse a pregare dalle esperte mani
dolce a colloquio d'armonia e di canto
nell'ora che la notte tutto quieta,
dorme la cerchia ignara, si riposa
dopo la veglia tarda faticata,

ma ch'ancora non pensa al matutino.
Ma qui destate dal rumore amico,
scesero fiduciose negli scanni
suore decise, pronte al consueto,
senza avvedersi ognuna del mistero.
Quivi che giunte, nel vedere il fatto,
ebbero propensione nella scienza
ché l'occhio stabilito ancor nel sonno
dava il ricordo, dava illusione
d'essere vero ed essere diverso.
Ma quella stella là non rifuggiva
e dei suoi raggi risplendea l'attorno
tal che le mani salde per difetto
rapido il viso ricopriano in fretta.
– Rita, sei tu che nella notte brilli
e di te irradi questa stanza a giorno?-
Una che più s'era di Dio le chiese
prima la vide, pur pria la scorse,
con sguardo pria rinato alla speranza:
– Dinne, come ti sei fin qui arrivata
se tutto a prova è chiuso e sì sicuro
e niuno può varcar le sacre mura
se non con fatti che il pensare teme?-
-Non pe' umani voleri o intendimenti
sono testé adagiata di preghiera.
Ero lassù nella montagna amica
quando pe' i santi miei, quei proiettori
che sempre m'han tenuta nella fede
nella mia vita, nella mia sventura
vennero meco nel fruscio del vento
e 'n seno all'aria, sporta al movimento
di quella forza che non ha confini,
come una foglia mi sentii leggera
e spinta alla dolcezza di quel moto
ratto vi fui, dove da voi io sono.

VIII° FIORETTO - COME RITA SI FECE UMILE, UBBIDIENTE ALLA REGOLA DEL CONVENTO, E IL SIGNORE LA PREMIO' CON SEGNI VISIBILI E PRODIGIOSI.

Ma l'anima né paga, né contrita
d'essersi chiusa nell'uman rispetto,
onde per quello sì compì il diniego
ebbe il rigor, l'idea più sconsolata di
riprovar quanto già vera apparso
chiaro nel fatto, certo nel portento.
Era scorso poc'anzi il sovrumano,
ma il vedere è fatica, nutrimento
di chi si pone piccolo al desio
e tanto fa, tanto più s'allontana,
quanto più vi discerne, né abbandona
l'idea dì misurarsi, e che lo priva
della beltà, della grazia donata.
Tal quei che avvolto di sicura luce,
toglie lo sguardo in altra direzione
e si smarrisce e più non la ritrova,
che quel ch'avanza tosto poi rimanca
onde s'aggira nella rimembranza
di non avere certo, pria né 'l dopo,
smil la donna fiera nel comando
vi fu ispirala pcr la scgnazione
pel successivo passo di conforto
all'apparir nascosto, al mutamento
ch'era rimasto al dubbio del convento.
Un ramoscello sterile riprese,
secco alla vita, secco pure a terra,
e l'affidò nelle promesse mani,
a Rita lei lo porse, alla custode,
che l'avesse accudito come pianta,
come la cura in cui vi ci s'appresta
per non sbiadire la vitale linfa.

Ciò fu comando, volontà comune
che nel guardare tutte le palesa
per bocca di colei che le altre ancelle
fa immantinente pronte alla sua voce
e nel parlare questo a lei l'impose:
- Entro la terra immetti e rinvigora
tale virgulto, e al giorno lo ristori
d'acqua tirata e da tue premure
fin quando non sarà compiuta l'opra.
Or va sicura, adempi tosto al detto
umile serva, al mondo ancora ancella,
non già convinta della tua misura
della certezza per le sacre mura.-
Ma la potenza che l'avea portata,
non la disfece al punto, non la sciolse,
ma a lei condusse la paziente mano
che per desio dell'altro, per difetto
colse dal nulla, rapido e beato
quel che non c'era nell'umano senno,
quel che non visto, né giammai voluto,
quello che c'era, ma l'era negato.
La vite rinverdì, rivenne viva
per di colei che l'avea rinata,
fatta e rimessa nell'Onnipotenza
per la virtù che la facea creata.
Videro le sorelle, vider quanto
come il Signore avesse caro il sito
e del perché poc'anzi nella fede
fosse il diniego, quello in cui si crede.
Quando la prova fu così provata
la regola ed il core senza appelli,
ebbero sazietà nella ragione
e mostrò visi ormai rassicurati
per il perdono e la consolazione
d'aver trovato alfine una sorella.
Allora si maritò la donna a Cristo
come voleva un dì, come sperava,

d'essere a Lui legata per la vita
onde n'avesse preso per l'effetto
parte nelle sembianze, nel convito
dell''Amor Suo, simile alle pene
e ne rendesse sgravio per il conto
l'omo che non rispetta e non si cura
d'essere generato alla natura.
Visse negli anni per scordare il sangue
p'essere scarna al peso, alla sventura
che grava il mondo e che lo lo rassicura
del male che non ha, e che lo scongiura
pe' l'altro che non vede e lo trattiene.
Non che per voglia ognuno lo domanda
chiede per fede d'essere provato
né Colui che tiene e lo dispone
e l'altri paga per quanto ne sbaglia
che la natura giusta ad altro inclina,
ma se contrarietà, la convivenza
abbiano effetto primo nel sospiro
e non si giova dell'altrui presenza,
anzi,ch'appena e tosto la rifiuta,
ecco che avviene, che si ricompone
tosto quel fallo per la devozione
dei santi tutti, e pur a Rita accorta
che nel pensiero e nell'intendimento
tutti racchiude e tutti li scagiona
per le virtù, l'amore sostituto
pe' l'altri che non sanno del dovuto.
Visse la poverina negli stenti,
privata sempre più che le sorelle
d'ogni terreno bene, d'ogni vanto
che la facesse paga di quel conto
per la ricchezza e per la libagione
dell'alma non mai sazia all'intenzione
del cibo sempre pronto, più attuale
e tanto vivo al cuore e tanto vale
quanto più all'altro viene tolto il sale.

Allora che fu pronta, pel convento
ch'aveva già sicuro il suo portento
onde per lei ne lucea la casa,
anche dal cielo meritò l'incontro
che sulla terra vi mostrò il suo viso
e lei più a sé la fece e più parente.
Venne Giacomo frate dalla Marca
a predicare gli esercizi santi
e vi passò tutta una settimana
su Cristo crocifisso e poi risorto.
E 'l suo parlare fu così vincente
ch'ognuno ne portò segnato il petto
non per ricordo d'una storia antica,
ma per vederla vera tutt'attorno.
Rita che alla pietà già v'era accorta,
ne sentì il peso, maggiormente avvinta,
e più s'accese del possente ardore
del sangue sparso, riversato ai punti
dove la croce incise quel contatto.
Allora per desio o per comando
si condusse sviando alle sorelle
dove n'avea più sacro quel contato
e forte n'avvertiva la presenza.
E poi che si mostrò, si fece attenta
verso la devozione, verso il muro,
quello sbiadito, fu trasfigurato,
si fece ardore all'altra, a quell'amante
che delle pene s'era così affranta
d'esserne presa nella sua sostanza,
tal che quando fu presso lo splendore,
ratto nel viso ci lasciò quel segno,
ch'era una spina, ch'era la sua mano.

IX⁰ FIORETTO - COME RITA, MORENDO, LASCIO' UN TESTAMEMTO NON SOLO DI SANTITA, MA ANCHE SALDO PUNTO DI RIFERIMENTO NELLA LAICITA, ESPRESSIONE DI MOLTEPLICITÀ NELLA UNICITA' DEL MESSAGGIO NEL CONTEMPO RELIGIOSO E CIVILE: -RELIGIOSO. COME ESEMPIO DI AMORE VERSO DIO E DI COMPLETA SOGGEZIONE ALLA SUA VOLONTA, QUALE CONTINUA TESTIMONIANZA DELLA VITA ETERNA, PER ESSERE OLTRE IL TEMPO, OLTRE LA MORTE. VEGLIANDO PREMUROSAMENTE SUL MONDO, A CUI COSTANTEMENTE RIVELA LA SUA TAUMATURGICA PRESENZA, GENEROSA DISPENSA= TRICE DI BENESSERE SPIRITUALE E MATERIALE. CIVILE: QUALE DONNA IMPEGNATA ANCHE NELLA VITA DEGLI UOMINI, DISTINGUENDOSI ED IMPONENDOSI PER LO ZELO DELLA SUA UMANITÀ PER LA SOCIETA' DEL SUO TEMPO E DI OGNI TEMPO.

Era oramai vecchia giunta e con la piaga
il male santo sparso sulla fronte,
ond'anche il corpo se n'avea fatica
d'essere parte tutto alla ferita,
per il fetore che gl'era cosparso
forte e pungente ogn'ora nel bel sito
piccol, pietoso ad altri e alle sorelle
pur se la cura c'era, pur mutando
la crepa sia con l'acqua che l'aceto,
ma nullo effetto ne saria sortito
da rendere giustizia alla presenza
e far sicuro il naso, far contente,
quelle che intorno ce n'avean premura,
e la vedean reclusa, riluttante.
L'aria fetosa, l'aria devastante,
solo nel cielo risalia beata,

ché parte in terra tosto s'adoprava
per rifuggir dal loco, per lo scanso,
di non aprir la porta, oppur le bende
Ma una che al profumo v'era accorta
e avea gustato invece per il fiore
ch'era dell'altro, ch'era del sublime,
più si compiacque d'essere sorella,
onde del fatto si sentì rinata.
Rita le confidò, Rita l'espose
i fatti suoi, destati alla coscienza
prima del giorno che fu lì portata,
e al secolo nasceva la sua storia.
– Ho forse colpa dell'ascolto tardo
del parere che fu, ch'ebbe rinvio
all'essere che fosse l'alma mia
più degna un tempo e non dopo del pria
ch'era la mia freschezza prelibata?
Ma se il Signor così mi fu promessa,
mi fe' ispirata pe l'altrui bisogna,
in essa tutta quanta mi disposi
pe' esserle cara pe' essere paziente,
non pur al mio desio rivendicato,
ma fatta attenta dalla circostanza
ch'Egli m'avea parato per l'incanto.
Io m'ero assisa nel volere santo
che mi spingeva in la paterna piega
del necessario, del di più imminente,
non per la mia cagione renitente,
ma per chi pria l'aveva apparecchiata.
Allora mi trovai si fatta specie
al mondo cara, ma più cara al vanto
di Lui sì forte che m'avea portato
verso la casa nella maritanza.
Ferdinando ch'amai, mi fu lo sposo
e l'ebbi pura, senza alcun riposo
per la bontà ch'avea spronata invano,
per la dolcezza della sua natura

dentro la lotta vana, all'impostura
ch'era la stessa contro la sua mano.
Io fui la sorte della sua sventura,
ma al tempo fui salvezza, fui la cura
che al core m'ispirò la voce pronta,
perché l'avessi nel Suo grembo dato.
E '1 giorno che di lui mi fece priva,
amore chiesi, chiesi io il perdono
per altri fatti, ma nell'alma mia
come se insieme pur colpa n'avessi,
senza la colpa che m'avea macchiata,
che ognuno a sé ne lega le vicende
dell'altro ignaro, l'altro sconosciuto,
anco se consentito solo in petto,
solo nel desiderio che ne brama.
Potevo io stare inerme, sconsolata,
potevo forse ceder alla lusinga
che per il bene suo, per la sua vita
fosse propizio star senza parola ?
Io glielo dissi, dissi ch'era vero
l'amore che non coglie e che non siede
nella riserva d'una falsa fede.
Anco lo dissi ai figlioletti miei
di non restare fermi alla ragione
che il mondo aveva per pagar l'offesa,
ma nell'esempio di cotanto padre
avessero per esso chiuso il conto
e fatti salvi da quella censura
che ne volea per forza l'avventura
e non gettarli nella riluttanza
d'esser portati al dito alla credenza
che più volea ciascun magnificato
quanto più avesse osato per eccesso
e si sentisse in cor gratificato.
Non s'ebbe tempo, né soddisfazione
perché il Signore chiuse le contese,
cuori placati mise nelle spese,

e col perdono fatto mi riprese
tra le sue braccia, in la paterna cura.
Ecco perché son qua, cara sorella
perché con Lui, remota, son divota
e sono carne fatta nelle piaghe
e altro desire non mi fa più vanto,
altro non bramo ed altro non ispero.
Solo nell'anno, chiesi, benedetto
d'esser con l'altre nella terra pia
e giubilar col papa l'anno santo.
Da slancio fui ripresa e tanto ardore
che il dubbio non si fece nella mente
d'essere al tempo sciolta, dispensata
da tutti quei dolori, i patimenti
ch'io nelle membra mi teneo più stretti
d'ogni altro bene, e d'ogni desio,
finché il mio apparir non fosse pago,
per la licenza della mia sorella.
Sì come un tempo v'ebbi la ferita,
tale la risanò, tosto la chiuse,
e nella dolcezza m'adagiò sicura
nello stupore, nella già efficienza.
Sette giorni stemmo e pur di notte
per le strade, i perigli e nell'andare
verso la meta, a costo ed a fatica.
Ma per la fede che ci avea lì spinte
non il timor, nemmeno il turbamento
ebbesi il core per la lontananza,
e quand'anco si fece scuro il passo
e l'alma volge a più propizio ostello,
allor fidammo più nelle Sue mani
e quel denaro pur raccomandato
gettai sicura all'acqua e alla radura.
Ecco, ricordi che nel ritornare
giunta alla soglia delle sacre mura
come mi ritoccò, come mi spinse
e si riprese con la Sua costanza

quanto del resto eppur era già Suo?
E si che sono vecchia, suor Lucia
poco mi resta per il mio domani,
pei giorni da venire tanto basta
perch'io riconti senza mai finire.
Cos'ho da dire ancor, cosa del mio
che Lui non m'abbia dato la ragione
d'essere tutto e della missione
onde per altro sulla terra resti,
perché il cammino intero ho consumato
quello che mi fu chiesto e ch'ho ridato
senza che io chiedessi, domandato,
perché su quella e non sull'altra via?
Ma ché son giunta a te una cosa chiedo:
Il giorno che lassù mi farò pronta
e non avrò esercizio della mente
e mi tornin lontane alla memoria
le cose del mondo ch'ho lasciate,
io ancora m'avrò per le tue mani
quello che dico, e voglio che tu faccia.
Sarà l'inverno rigoroso e duro
quando ti manderò nell'orticello
per il sapore antico del paese,
pel dono di due fichi ed una rosa.
Tu non aver tèma, non indugi
della raccolta in tempi mai sicuri,
perché per Dio ogni momento vale
ogn'ora è cara per la mietitura
e la stagioni non ti sia riguardo
per altre che già prospera e matura.
E giunta che sarai nella distanza
giusta, vedrai d'incanto la natura
docile, schiusa dalla calda mano,
vedrai la fioritura ed anco il frutto
quando sarò nello pietoso sguardo
rapita nel sospiro, dalla terra.
Allora tu n'avrai piena la scienza,

quando il tuo cuore si sarà beato
ch'ogni e tutto è possibile per Lui
perché la povertà, l'amor, la fede
fanno finire il mondo è ricreare.
Ma il mondo s'era accorto della grazia
che l'avea sfiorato par l'attorno
per le virtù che Tu l'avei toccato.
Marco Barbaro falegname accorto
che delle mani non tenea più l'uso,
ci fu ispirato per la rimembranza
d'esserne colto tosto per la fede.
Una cassa promise, più fregiata
più degna della donna venerata
s'egli stesso ne volgesse l'arte
e la prontezza nata proprio al caso.
E così fu, ci fu per altri e tanti
e ogn'ora c'è, ogn'ora si scagiona
dal male tanto per la tua premura
per la bontà che l'universo acclama.
N'ebbero tutti, per ogni ragione
pel corpo, l'alma e per la devozione,
ond'anche all'omo fu l'implicazione.
E fu schiarito il nome del paese:
Cascia, ch'ogn'omo vi lodò le imprese,
onde da borgo caro alle montagne
che del bel sito si rendea l'attorno
crebbe nel vanto d'essere nomata
per i natali della cara santa,
e riportò in la casa non soltanto
la dignità, pe' il sacro, per il culto,
ma ogni bene, che prospera e che vale,
che dà la vita all'opra, alla promessa,
che tutto all'omo per la vita serve.
Rita sì, tu fosti e sei capace
dell' impossibil tu sei accreditata,
perché ritorni ogn'ora sulla strada
che del Signore qui ti fe' beata

e ci ritornan al punto le parole
che povertà, la fede e più l'amore
fermano il mondo e poi ce lo ridanno,
e ci ridanno Dio che lo trattiene
e che ogni cosa fa e che la mantiene
del dono che ricrea l'Onnipotenza.
Tu ci lasciasti rose, eppure l'uva,
tu ci lasciasti ognor la tua presenza,
tu ci lasciasti la magnificenza
del corpo tuo ch'olezza fuori il tempo,
dei luoghi santi, della tua premura
che chi 'ti sta vicino, chi s'incanta
della bellezza fatta pel divino,
è tanto più sicuro e più beato
d'essersi fatto prima il paradiso.

Finito di stampare nel mese di Luglio 2012
per conto di Youcanprint *self - publishing*